천마사냥꾼

운경 현대 판타지 장편소설

WISHBOOKS MODERN FANTASY STORY

천마사냥꾼 11

운경 현대 판타지 장편소설

초판 1쇄 찍은 날 | 2018년 5월 28일
초판 1쇄 펴낸 날 | 2018년 6월 4일

지은이 | 운경
펴낸이 | 예경원

기획 | 위시북스
편집책임 | 이규재
편집 | 이즈플러스

펴낸곳 | 예원북스
등록번호 | 제396-2012-000132호
등록일자 | 2012. 7. 25
KFN | 제1-265호

주소 | 경기도 고양시 일산동구 호수로 646-24 위너스21 II 빌딩 206A호 (우)10401
전화 | 031-819-9431 팩스 | 031-817-9432
E-mail | yewonbooks@naver.com

ISBN 979-11-6098-949-6 04810
979-11-6098-441-5 (set)

※ 이 도서의 국립중앙도서관 출판시도서목록(CIP)은 서지정보유통지원시스템 홈페이지(http://seoji.nl.go.kr)와 국가자료공동목록시스템(http://www.nl.go.kr/kolisnet)에서 이용하실 수 있습니다.

천마사냥꾼
운경 현대 판타지 장편소설
WISHBOOKS MODERN FANTASY STORY
11
Wish Books

천마사냥꾼

CONTENTS

제37장
무맥의 후계자

1

서기 2097년 7월 13일.

후에 검은 안식일이라 명명된 날로부터 70여 년이 흐른 지금은 2174년.

1세기 가까운 시간은 많은 것을 바꿔놓았고, 대한민국도 예외는 아니었다.

북한의 멸망과 함께 밀고 내려온 마수들로 인해 기존의 수도권은 쑥대밭이 됐다.

서울과 경기도를 중심으로 하던 기존의 체제는 천안시에 세워진 신서울 지하 도시를 중심으로 재편되었다. 그 과정에서 중앙정부의 힘은 약화되고 지방별 중심 도시들이 득세하게 됐다. 극단적인 지방자치제가 완성된 것이다.

각 지방의 터줏대감 역할을 하던 대도시들은 축소된 독립국에 가깝게 기능하기 시작했다. 신서울 정부의 정통성을 인정은 하되 그에 부속되거나 지배받는 것은 거부했다.

중앙정부 또한 이를 암묵적으로 인정했다. 신경 쓰기엔 짊어져야 할 부담이 많았고 기존 체제를 유지할 여력도 없었다.

"결국 그들은 지하 도시를 선택했지요. 인구 50만의 도시 하나를 지키는 대신 지상의 지방민들을 포기한 겁니다."

고풍스러운 인테리어의 실내.

임성욱은 소가죽 의자에 몸을 파묻고 있었다.

그 시선 끝, 거대 모니터 화면엔 그와 비슷한 연배의 사내가 앉아 있었다.

30대의 젊은 나이에 한 체제의 정점에 오른 남자. 임성욱과 비슷한 것 같으면서도 실상은 전혀 다른 인물.

권창수가 쓴웃음을 지었다.

—이제 와 부산시의 행정에 간섭하려는 것은 아닙니다.

"대전, 전주, 광주, 대구."

너무나 의미가 분명한 4개의 단어가 흘러나왔다.

"그곳 수뇌부에게도 그렇게 말씀해 보시죠. 하긴 간섭은 아니군요. 참견의 수준을 넘어선 폭정이니."

—무슨 말씀인지 잘 모르겠군요.

"계속 시치미를 뗄 참입니까? 얼치기들이라면 몰라도 우리는 압니다. 최근 사흘간 벌어진 일련의 사태가 적시운의 소행이란 것을."

정치적 계산이 배제된 직설.

저쪽이 돌직구를 던져 온 이상 쓸데없이 머리를 굴려봐야 역효과만 볼 뿐이었다. 그저 때려낼 타이밍을 잡는 것만 중요할 뿐.

—그렇다면…….

권창수도 직설로 맞서기로 했다.

—그가 제거한 이들이 누군지도 잘 아실 텐데요. 적시운 님은 선량하고 무고한 이들을 해친 게 아닙니다.

"무고한 희생자가 정말 없었다고 단언할 수……."

—해충을 박멸하지 않았다면 그 수천, 수만 배의 피해가 생겼을 테지요. 그리고 제가 보고받은 바로는 부수적인 인명 피해는 없었습니다.

"확신할 수 있습니까?"

—예.

"벌써 상세 조사를 마쳤다는 겁니까?"

—보고를 받았습니다.

"적시운에게서?"

—그렇습니다.

"일방적인 전언일 뿐인 그의 말을 믿습니까?"

—예.

권창수가 딱 잘라 말했다.

임성욱의 눈에 이채가 스쳤다.

"정치인다운 대답은 아니군요."

—그렇게 생각하십니까?

"그렇잖습니까. 정치인이라면 응당 자신의 언행 뒤로 이어질 리스크와 이해득실을 생각해야 할 텐데요."

—마주하는 사람에 맞추어 언행 방식을 바꿔야 할 때도 있지요.

"이런 식의 대화가 내게 먹힐 거다, 그런 뜻입니까?"

—예.

임성욱이 매끄러운 턱을 쓰다듬었다.

"이 바닥에 널리고 널린, 머리 굴리는 소리까지 들릴 것 같은 작자들과 다르다는 점은 인정하겠습니다."

—제가 임 의원장님의 호의를 샀다고 해석해도 될지요?

"약간은."

권창수의 표정이 조금 부드러워졌다.

—재고 계산하는 화법엔 저도 질렸습니다. 그러니 보다 단도직입적으로 대화하지요.

“좋습니다.”

–일단 확실히 해두겠습니다. 적시운 님이 처리한 자들은 전원 천무맹의 스파이입니다. 부수적으로 제거된 이들 또한 그 끄나풀들이고요.

임성욱은 가볍게 고개를 까닥거렸다. 앞서 권창수를 압박하긴 했지만, 기실 그 역시 대강의 진실은 알고 있었다.

–물론 그 방식이 조금 과격하긴 했습니다만.

“과격한 정도가 아니라 테러였습니다. 만약 놈들이 인질이라도 잡았다면? 전투 중에 부수적 인명 피해라도 생겼다면?”

–여러모로 불행한 일이었겠지요. 하지만 저는 적시운 님을 믿었습니다.

“그건 권 의원님 눈가의 기미에 근거한 발언입니까?”

권창수가 피식 쓴웃음을 지었다. 이러니저러니 해도 뒤처리와 수습에 고생을 하고 있는 것은 사실이었다.

–진실을 밝히기 애매한 입장이니 어쩔 수 없지요. 그래도 감내할 수 있습니다. 애초의 약속이었기도 하니까요.

“약속이라…….”

–임 의원장님도 아시겠지만, 우리는 정권을 쟁탈했습니다. 그 과정에서 생겨난 인명 피해가 어느 정도일 거라 생각하십니까?

임성욱은 입을 닫았다.

없지는 않다. 하지만 사태의 규모에 비하면 확실히 극소한 수준이었다.

—적시운이란 사내는 단신으로 그 모든 걸 이루고도 부수적 피해는 최소화했습니다. 그 정도면 한 사람을 신뢰하기에 충분한 근거가 되지 않을까요?

"……그렇겠지요."

—아마도 적시운 님은 오늘 내로 부산에 당도할 겁니다. 임 의원장님과 동백 연합의 호출에 답하여.

권창수가 진심 어린 얼굴로 말했다.

—부디 옳은 판단을 해주시길 부탁드립니다.

"협박하는 겁니까?"

—제가 총칼을 들고 으르렁거려도 애들 장난으로밖에 안 볼 분에게 가당키나 하겠습니까?

"하긴, 권 의원님은 그런 쪽과는 거리가 멀어 보이는군요."

—저는 지금 간청을 드리고 있는 겁니다.

임성욱은 고개를 주억거렸다.

"무슨 말씀인지는 알겠습니다. 하지만 확답은 드리지 못하겠군요."

—…….

"우리는 우리의 방식으로 그자를 마주하고 판단할 겁니다. 그리고 아니다 싶으면 가차 없이 맞서 깨부술 겁니다."

임성욱의 어조에 힘이 들어갔다.

"그게 부산이고, 동백 연합이니까요."

"그렇다는군."

그렉의 말에 적시운이 픽 웃었다.

"제법 강단 있는 놈일세."

태연자약한 두 사람과 달리 차수정은 질린 표정이었다.

두 도시의 지배자 사이의 대담. 철저히 기밀에 붙여져야 할 일이었으나 적시운에 의해 도청이 된 뒤였던 것이다. 처음부터 끝까지 하나의 예외도 없이.

무공이나 이능력이 개입된 것은 아니었다. 그저 권창수가 암호화된 통신 코드를 넌지시 흘려주었을 뿐이니까.

물론 그것만으로도 큰일 날 일이긴 했다.

"발각이라도 된다면 난리가 날 거예요."

"안 되면 그만이지. 되더라도 수습하면 되는 거고."

"자신 있으세요, 선배님?"

"글쎄. 일단 걔들부터 만나보고 생각해야지."

차수정은 나직이 한숨을 쉬었다.

"하긴, 이미 여기까지 와버렸으니……."

쏴아아아.

수평선으로부터 쓸려온 하얀 포말이 새하얀 해안을 훑고 지나갔다.

민간인 통제 구역인 해운대 백사장은 고즈넉했다.

해안이라면 흔히 보일 법한 마수조차 한 마리 없어, 자연 그 자체만 남아 있는 것 같았다.

소금기 묻은 바람이 불어왔다. 차수정은 흩날리는 머리칼을 쓸어내렸다.

"아세요? 한때는 이곳이 해수욕장이었다고 하더라고요."

그렉이 차수정을 돌아봤다.

"해수욕장이 뭐지?"

"해수욕…… 그러니까 헤엄치거나 이런저런 물놀이를 할 수 있게끔 환경을 갖춰놓은 바닷가라고 하더라고요."

"수영장처럼?"

"네, 물론 인공 풀장과 실제 바닷가엔 크나큰 차이가 있겠죠."

"그 물놀이에 해양 마수들과의 싸움은 포함되어 있지 않을 테지."

"그렇겠죠. 검은 안식일 이전의 얘기였다고 하니까요."

차수정의 눈빛에 씁쓸함이 스쳤다.

"현재의 우리에게 있어 바다는 공포의 대상일 뿐이지만,

한때는 즐거움의 장이었던 적도 있었다는 거예요."

"이곳 같은 상태라면 지금이라도 해수욕장을 열어도 될 듯한데."

"저런 게 떡하니 있는데 과연 올 사람이 있을까요?"

차수정의 시선이 반대편으로 향했다. 백사장을 조금만 벗어나니 우뚝 솟은 철벽 사이로 곡사포의 포신이 튀어나와 있었다. 언제 튀어나올지 모르는 마수를 대비하여 설치된 병기들이었다.

"없지는 않을걸. 간이 큰 건지 뇌가 작은 건지는 몰라도, 이런 걸 즐기는 인간도 적지는 않으니까."

"하긴 생각해 보면 당장 우리부터가 그러네요."

차수정이 픽 웃었다.

"민간인 통제 구역에 떡하니 들어와 있잖아요?"

"우리가 민간인은 아니지."

"저들 눈엔 그렇지만도 않을걸요. 만약 발각이라도 되면……."

"그러니 들키기 전에 가야지."

적시운이 걸음을 옮겼다.

동백섬 위로 우뚝 솟은 고층 빌딩이 그들을 굽어보고 있었다.

“누가 찾아왔다고?”

-그게, 적시운이라고 전하면 알아들을 거라고…….

스피커 너머의 목소리엔 당혹감이 가득했다. 그리고 그건 임성욱도 마찬가지였다.

“조만간 찾아올 거라고는 생각했지만…….”

이렇게 대놓고 찾아올 줄은 몰랐다.

동백섬의 카멜리아 타워(Camellia Tower)는 가고 싶다고 찾아올 수 있는 장소가 아니었다. 해운대 해안에 적용되는 출입 통제령이 동일하게 적용되는 장소였던 것이다.

발을 들일 수 있는 것은 허락받은 극소수뿐. 사무를 위한 최소한의 인원을 제외하면 연합의 승인을 받은 길드장쯤은 되어야 출입하는 게 가능했다.

때문에 이렇게 대놓고 찾아올 거라고는 생각지 못했다. 오더라도 부산시청을 통해 연락할 거라고만 생각했을 뿐.

“내 생각보다도 막 나가는 놈이라는 건가. 그게 아니면…….”

작게 중얼거리던 임성욱이 퍼뜩 물었다.

“혹 경비대가 섣부르게 나선 것은 아니겠지?”

-그, 그게…….

덜컥 하는 소리와 함께 음성이 바뀌었다.

—다들 곤히 잠자고 있으니 염려 놓으셔.

"……!"

—나 적시운이다. 너는 임성욱일 테고. 내가 올라갈까, 네가 내려올래?

"초면에 예의가 없군그래."

—잡설로 시간 낭비하는 건 질색이라서.

"그건 나도 동감이다. 하지만 너는 너무 엇나갔어. 만약 이 일로 부산과 신서울 간의 관계가 파탄 난다면 그건 모두 네 책임이다."

—하지만 그럴 일은 없을 테지.

"왜 그렇게 생각하지?"

—내가 그렇게 되게 만들 거니까.

임성욱은 표정을 팍 구겼다.

"지금 내려간다. 처맞을 준비나 하면서 기다려라."

적시운은 픽 웃었다.

"성깔 나오니 이 동네 억양이 팍 나오네."

"선배……."

차수정이 지끈거리는 이마를 손으로 눌렀다.

"여기에 전쟁 벌이러 오신 거였어요?"

"그래 보여?"

천연덕스럽게 반문하니 차수정으로선 할 말이 없어졌다. 그저 걱정 가득한 눈으로 주변을 돌아볼 뿐.

경비원들이 여기저기 널브러져 있었다. 적시운의 살기에 질려 혼절한 것이다.

그렉이 데스크를 훌쩍 넘어갔다. 젊은 여성 안내원이 까무러칠 듯 몸을 떨었다.

"아, 아아……."

"해치지 않는다. 하지만 경보 버튼을 누르게 둘 순 없겠군. 상황이 귀찮아지는 것은 사양이라."

안내원이 데스크에서 떨어졌다.

적시운은 로비에 마련된 소파에 느긋하게 앉았다.

"우리가 이곳에 오기 전에 어딜 들렀었지, 차수정?"

"……부산시청이었죠."

"그리고 무엇을 했지?"

"아무것도 안 했어요."

"그 이유가 뭐라 생각해?"

"……."

"이곳 시청엔 천무맹의 쥐새끼들이 없었기 때문이야. 규모만 보자면 우리나라 제일의 도시인 이곳에 말이야."

차수정의 얼굴에도 뭔가 알 것 같다는 표정이 떠올랐다.

"둘 중의 하나겠군요. 우리 소식을 듣고서 숨어들었거나……."

"이미 오래전에 소탕되었거나."

적시운이 말했다.

"나는 후자일 거라고 확신하고 있어."

2

차수정과 그렉의 눈에 이채가 스쳤다.

"그렇게 생각하시는 이유라도……?"

"아, 너희는 아직 그 정도는 아니겠군."

"네?"

"상당한 기운을 지닌 무인이 이 건물 최상층에 있어. 최소한 너희보단 몇 수 위의 고수야. 감지하지 못한 것도 이상할 건 없지. 더군다나 너희는 아직 기를 다루는 데 익숙하지도 않으니."

"최상층이라면, 설마?"

"논리적 귀결은 하나뿐이야."

적시운이 시선을 돌렸다. 안내원이 그렉의 감시 아래 몸을 바르르 떨고 있었다.

"생각해 보니 가장 중요한 걸 권창수한테 물어보지 않았어. 그러니 아가씨한테 물어보는 수밖에. 임성욱이란 녀석, 이능력자인가?"

"……네?"

"이런 거 할 줄 아냐고."

적시운이 손을 뻗었다.

로비 한쪽의 입방형 방탄유리가 갈라졌다. 그 안에 있던 관상용 조선백자를 끌려 나와선 허공에서 빙그르르 돌았다.

겁먹은 얼굴로 멍하니 있던 안내원이 입을 뗐다.

"모, 모르겠어요."

"거짓말."

"정말이에요! 정말로 저는 아무것도 몰라요."

"모를 리가 있을까. 기밀 정보라 할 만한 것도 아닐 텐데. 그래도 누설하지 않겠다는 걸 보면 그 녀석 인망이 꽤 있나 보네?"

"아아……!"

안내원의 낯빛이 하얗게 질렸다. 다가올 일에 대한 공포 때문일 터.

적시운이 겁먹을 필요는 없다고 말하려던 차였다.

"내려놔라, 그거."

잔뜩 억눌린 목소리. 맹수가 으르렁거리는 듯한 진동이 고막을 자극했다.

적시운은 돌아보지 않은 채 대꾸했다.

"어차피 짝퉁일 텐데."

"국보 166호 백자철화매죽문호(白磁鐵畫梅竹文壺)다. 조부님께서 서울 사태 당시에 중앙박물관에서 빼돌리신 보물이다. 네놈이 함부로 희롱할 물건이 아냐."

"어, 그래?"

머쓱해진 적시운이 백자를 원래 자리에 돌려놓았다.

"그런 귀한 물건을 이런 곳에 보관하나?"

"카멜리아 타워는 이 나라에서 가장 안전한 장소니까."

"별로 그런 것 같지도 않은데."

적시운이 뒤늦게 고개를 돌렸다.

얼음장 같은 얼굴의 사내가 눈 한 번 깜빡이지 않은 채 노려보고 있었다. 많아봐야 30대 초반으로 보이는 외모였다. 180 후반대의 키와 탄탄한 체구는 상당한 단련을 짐작게 했다. 아마도 알맹이는 보이는 것 이상일 테고.

임성욱은 순수하게 분노하고 있었다.

'이렇게까지 할 필요가 있었을까?'

차수정은 걱정스러운 눈으로 적시운을 곁눈질했다.

심리전을 펼쳐 상대의 냉정을 빼앗는다.

이미 그녀부터가 여러 차례 보아온 적시운의 스타일이었다.

하지만 그건 어디까지나 적을 대할 때의 방식. 임성욱과 부산 측에도 그럴 필요가 있을지는 의문이었다.

"그에게 생각이 있을 거다."

옆으로 다가온 그렉이 속삭였다. 그의 감시에서 풀려난 안내원이 더듬더듬 책상 아래로 손을 가져갔다.

"그럴 필요 없습니다."

나직한 한마디에 안내원이 흠칫했다. 그녀를 돌아본 임성욱이 고개를 저었다.

"경보를 울리지 마십시오. 제가 처리하겠습니다."

"……네, 의장님."

"힘드셨지요. 이제 제가 왔으니 마음 놓으십시오."

"네……."

가까스로 대꾸한 안내원이 스르륵 허물어졌다. 기력이 다한 모양.

안타까운 시선으로 그녀를 바라보던 임성욱이 적시운을 노려봤다.

"이 건물 안에는 부산시에 소속된 50개 길드의 마스터들이 거주하고 있다. 이 도시의 정점이라 할 수 있는 자들이지. 경보만 울리면 그들 모두가 몰려와 너희를 걸레짝으로 만들어 버릴 테지."

"재미있겠군. 그래서?"

"하지만 나는 그러지 않을 생각이다."

임성욱이 수트 재킷을 벗어 던졌다. 하얀 티셔츠 안쪽으로 세공된 듯한 근육의 결이 두드러졌다.

"나가자. 내 손으로 부숴 버리고 싶다."

"내가 그 말을 따라야 하는 이유는?"

"따르지 않아도 그렇게 만들 거니까!"

단번에 거리를 좁힌 임성욱이 적시운의 복부를 밀어 찼다. 적시운의 신형이 그대로 밀려나 유리 현관을 깨부수며 밖으로 날아갔다.

"아!"

차수정이 움찔하여 달려들려 했으나 그렉이 어깨를 움켜쥐었다.

"내버려 둬. 대미지는 없었다."

차수정에게 속삭인 것이었으나 임성욱의 귀에도 들렸다. 울컥한 임성욱이 쏜살같이 뒤따라 나갔다.

"그나저나……."

그렉이 고개를 돌렸다. 엘리베이터와 계단 쪽에서 일련의 무리가 걸어오고 있었다.

"간덩이가 부어터진 놈들이군. 감히 다른 곳도 아닌 이곳, 동백섬 카멜리아 타워에 발을 들이다니."

"우리가 등신 빠가사리들로 보이더냐? 너희들이 침입한 것쯤은 진즉 알고 있었다."

살기등등한 얼굴로 다가오는 이들은 하나같이 강자들. 임성욱이 앞서 말한 길드 마스터들임이 분명했다.

생각보다도 다양한 인종이 섞여 있는 모습에 차수정은 조금 놀랐다.

"저 남자는 임 의원장의 몫이니……."

주근깨가 난 적발의 여성이 혀로 입술을 핥았다.

"너희들은 우리가 요리해 주는 수밖에."

"거, 사람 잡수는 취미도 있었소? 그리 안 봤는데 우리 소피 길드장이 무서운 여편네였군."

"……김계진 길드장님은 부디 그 주둥아리 좀 닥쳐 주세요."

2m는 될 법한 거구의 중년 사내가 껄껄 웃었다. 그 광경을 보며 피식대던 길드장들이 돌연 움찔했다. 그렉과 차수정이 거의 동시에 바닥을 박찼던 것이다.

"튀려 한다!"

"잡아!"

왁자지껄한 고성이 빌딩을 흔들었다.

허공을 비상하던 적시운은 백사장에 착지했다. 뒤이어 임성욱이 모래 먼지를 일으키며 내려섰다.

물끄러미 그를 바라보던 적시운이 입을 열었다.

"부산시에 숨어든 천무맹의 첩자들은 아마도 네가 소탕했을 테지?"

"……."

"무예를 익히지 않은 이상 놈들을 적발한다는 건 불가능에 가깝지. 그리고 최소한 시청과 이곳 건물을 통틀어 무의 기운이 느껴지는 건 너 하나뿐이었어."

"……맞다. 내가 바로 무맥의 마지막 계승자, 이 땅의 지킴이다."

"무맥?"

"구한말과 일제강점기를 거치며 이 땅의 무예는 대부분 소실되었다. 긴 시간이 지나 검은 안식일 이후에 이르러선 모두의 기억 속에서 사라져 버렸지."

임성욱이 가라앉은 어조로 말했다.

"하지만 그 형과 식만큼은 끈질기게 살아남았다. 선대들의 육체에서 육체로, 피와 살과 뼈와 근육을 통해 이어져 내려온 것이다."

[일인전승의 무예인 모양이군. 그 특성상 구결과 비급으로 남겨질 수 없는, 하나 그렇기에 순수성이 유지되는……]

천마의 음성 뒤로 임성욱의 말이 이어졌다.

"그건 맥을 보존하기 위한 필수적인 조치였다. 그 덕택에

이 땅의 수많은 무예가 실전되는 동안, 우리들 무맥만은 순수하게 보존될 수 있었지."

"그랬군."

"나는 놈들을 제압하여 모든 걸 실토하게 만들었지. 보고 방식, 상부와의 접선 방법, 한반도에 파견된 집단의 정보까지. 그리고 놈들의 방식을 그대로 모방하여 거짓 정보를 전달했다."

"그러고서 지금껏 얌전히 있었다는 거군. 신서울과 다른 도시들이 어떤 꼴이 나는지 구경이나 하며."

"첩자 놈들을 잡아낸 것은 최근의 일이었다. 놈들이 이미 이 나라 전체에 암세포처럼 퍼져 있다는 걸 알아낸 것도."

"그래서, 뭔가를 할 생각이 있기는 했나?"

"우리가 왜?"

임성욱의 눈에서 차가운 한기가 흘러나왔다.

"오늘날 부산에는 경남권 사투리를 쓰는 사람이 거의 남지 않게 됐다. 이유가 뭔지 아나? 부산 시민의 과반수가 외부에서 유입된 이들이기 때문이다."

"……."

"그중 대부분은 경기도와 서울 출신이다. 신서울과 이 나라 정부가 버린 이들. 가지지 못해 지하 도시에 입성할 수 없었던 이들!"

혹한과 같던 한기는 어느새 용암처럼 들끓는 적의로 변했다.

"그런 개자식들이 중국 놈들에게 휘둘리든 말든, 우리가 신경 써야 할 이유라도 있나?"

"글쎄……."

적시운이 말끝을 흐렸다.

서로의 입장 차이를 떠나 임성욱의 심정이 어느 정도는 이해가 됐다. 그 또한 비슷한 경험을 해보았기에.

"이번에는 내가 하나만 묻자."

임성욱의 살기가 한층 짙어졌다.

"왜 이런 짓거리를 저지른 거냐?"

적시운은 대답하지 않았다. 임성욱이 이를 뿌득 악물고서 말을 이었다.

"나와 권창수가 나눈 대화 내용은 이미 알고 있을 테지?"

적시운은 어떻게 할까 고민하다가 피식 웃었다.

목적도 방법도 처음부터 확실히 정해놓은 터. 이제 와서 수정할 생각은 없었다.

"그래, 그래서 네가 바라는 대로 해주었지."

"내가 바라는 대로 했다고?"

"아니다 싶으면 맞붙어서 깨버리겠다며? 그럴 수 있게끔 기회를 주겠다는 거다."

임성욱의 동공이 확장됐다.

"그래서 이렇게 막무가내로 밀고 들어왔다고? 제정신이 아니군!"

"틀렸어. 이건 막무가내가 아니야. 너라는 인간을 위한 맞춤형 서비스지."

"그건 대체 무슨 개소리냐?"

"그동안 답답했을 것 아냐."

적시운은 팔짱을 끼고서 말했다. 적시운의 입가에 냉소가 스쳤다.

"천무맹은 한반도 안에 무인이 남아 있으리라 생각하지 못했다. 그건 너와 네 스승들이 필사적으로 정체를 감추었던 까닭일 테지. 언제고 자신들을 깨뜨릴 외부의 적이 두려워서."

임성욱의 눈동자에서 살광이 폭사됐다.

"감히!"

"그리고 내가 나타났다."

적시운은 두 팔을 펼쳤다.

"저 천무맹조차 중화당의 그림자에 숨은 채로 암약해 왔을 뿐이지. 놈들도 가슴 한곳에 두려움을 품고 있었기 때문이야. 언젠가 자신들의 앞길을 가로막는 자가 나타나리라는 두려움 말이다."

"그게…… 너란 말이냐?"

"그렇다."

적시운은 담담히 말했다.

"나는 너나 네 스승들처럼 숨을 생각이 없어. 당당히 자신을 드러내고 적을 부숴 버릴 거다. 그게 중화당이 되었든 천무맹이 되었든 말이야."

"……!"

"너 또한 천무맹에 맞서고 싶다면, 놈들의 폭정에 맞서 이 도시를 지키고 싶다면 나와 손을 잡아라. 그 대가로 너에게 쉽게 오지 못할 기회를 주지."

"기회라고?"

"그래."

적시운은 웃었다.

"네 모든 능력을 극한까지 끌어낼 수 있는 상대. 온 힘을 발휘하여도 이길 수 없는 상대와 맞붙을 수 있는 기회를."

"어딜!"

블랙 로즈 길드의 마스터, 소피 로난이 차수정의 지척까지 따라붙었다. 스피드스터인 그녀는 삽시간에 차수정을 앞질러 가 그녀의 복부를 노리고 들어왔다.

'눈으로 좇으려다간 늦는다!'

차수정은 오감 이외의 또 다른 감각이 꿈틀대는 것을 느꼈다.

이능력을 통한 감지력과는 별개의 감각. 적시운이 항상 언급하던 기감임이 분명했다.

공간의 떨림이 수많은 정보를 가져다주었다.

차수정은 소피를 바라보지 않은 채로 양팔을 뻗었다. 복부를 향해 날아들던 단도를 내려치는 각도였다.

쩔그렁!

바닥을 때리는 단도.

부어오른 손등을 보며 소피는 움찔했다. 그 순간 차수정의 무릎이 그녀의 턱을 향해 솟구쳤다.

"큭!"

신체를 가속해 뒤로 빠진 그녀가 이를 악물었다. 차수정은 그제야 그녀를 바라볼 수 있었다.

"가속 능력자. 랭크는…… 트리플 B쯤 되려나?"

"……!"

"나는 A랭크 냉기술사야. 하지만 지금은 이능력을 사용하지 않겠어."

이것은 좋은 기회일 터. 차수정은 설하유운공의 기수식을 취했다.

“내 한계가 어느 정도인지 시험해 보고 싶어졌거든.”

3

“으랴!”

공사용으로 쓰일 법한 슬레지해머가 반원을 그렸다. 몸통을 부러뜨릴까 생각하던 그렉의 눈에 이채가 스쳤다.

쿠구구구!

해머 헤드의 뒤편에서 불길이 일었다. 자세히 보니 초소형 로켓 부스터가 달려 있었다.

황급히 몸을 날리며 피했다. 아슬아슬한 시간 차로 해머가 허공을 때렸다.

부웅!

“이 건물까지 파괴할 생각인가?”

“그래야 한다면!”

“의원장이란 자가 가만히 있지 않을 텐데?”

“그야 그때 가서 생각하는 거고!”

거구의 장한, 김계진이 쾌활한 어조로 소리쳤다. 그러기 무섭게 나머지 길드장들이 김계진의 앞으로 치고 나왔다.

“김 길드장님은 그냥 가만히 계세요!”

“괜히 날뛰다 건물 부숴먹지 말고 말입니다.”

차차차창!

근접 병기를 쥔 길드장들이 그렉을 몰아쳤다. 쿠크리(Khukri)를 뽑아 든 그렉은 방어에만 몰두했다. 같은 편이 착 달라붙자 김계진으로서도 마음껏 망치를 휘두르기가 애매해졌다.

"거, 같이 좀 노나 먹자고! 너거들만 해 처먹으려 하지 말고."

"해 처먹긴 뭘 해 처먹어요?"

"김계진 길드장님은 이게 장난인 줄 아십니까?"

날카롭게 받아치는 것과 달리 길드장들에겐 여유가 넘쳤다. 이 정도 머릿수 차이라면 그럴 만도 했지만.

그렉은 쿠크리의 칼날에 변환을 가했다. 면도날처럼 예리해진 칼날이 채찍처럼 늘어졌다.

"어딜!"

길드장 한 명이 득달같이 손을 뻗었다. 순간 날뛰려던 칼날이 치즈처럼 녹아내렸다.

그렉과 같은 계열의 변환술. 그것도 한 수 위였다.

"적당히 봐줄 테니 걱정 마라."

또 다른 길드장의 한마디.

좌측에서 찔러 들어오는 단도를 피한 그렉이 눈동자를 빛냈다.

"이 건물이 꽤나 소중한 모양이군."

"좀 전에 얘기 못 들었나? 이곳은 단순한 빌딩이 아니다."

"그래 보이는군."

그렉의 시선이 빠르게 주변을 훑었다. 길드장들은 각종 병기로 무장하고 있었다. 당연하게도 총화기 또한 적지 않았다.

그중에선 이온 블라스터와 기관단총 등의 휴대 화기가 대부분. 크기는 작아도 건물 하나쯤 쑥대밭으로 만드는 데엔 충분했다.

병기뿐 아니라 이능력도 마찬가지. 충분히 쓰고도 남을 텐데 사용하지 않고 있었다.

기껏해야 두 사람을 견제하는 게 전부.

저들이 마음껏 힘을 쓸 수 있었다면 애초에 제압당했으리라.

차수정 쪽을 보니 역시 비슷한 상황.

길드장들은 근접전으로 차수정을 몰아붙이고 있었다. 예외가 있다면 스피드스터인 소피 로난 정도.

정작 그녀는 잔뜩 화가 나 있었다.

"이런 씨! 너 냉기술사라며!"

"그랬지."

"근데 왜 이리 빨라! 거의 나랑 비슷한 수준이잖아!"

입을 놀리면서도 신속히 단도를 찌르는 소피. 그러나 차수정은 이미 사정권 바깥으로 빠진 뒤였다.

"아, 진짜!"

빽 소리를 지른 소피가 아일랜드어로 욕설을 쏟아냈다.

차수정이 피식 웃으려는 찰나 불에 덴 듯한 감각이 허벅지에서 느껴졌다.

"……!"

몸을 굴려 피하고 보니 새하얀 허벅지 위로 혈선이 그어져 있었다.

시선을 올리니 훤칠한 키의 여성이 서 있었다.

가죽 장갑 사이로 팽팽히 당겨진 은사(銀絲) 위로 핏방울이 아롱졌다.

"우리가 우습게 보이지? 신서울 촌놈들 좀 상대하고 나니 눈에 뵈는 게 없지? 너희들은 오늘 여기서 뒤졌어."

"잘한다, 우리 수아!"

신나서 소리치는 소피.

또 한 명의 여성 길드장인 문수아는 가볍게 미간을 찌푸렸다.

"더럽게 날랜 년이야. 원래는 잘라 버리려고 했는데."

"다음에 잘라 버리면 되지."

"그건 그러네. 언제까지고 요리조리 도망 다니지는 못할 테니."

나직이 혀를 찬 차수정이 이능력을 발했다. 그녀의 손아귀 위로 냉기가 스멀스멀 흘러나왔다.

"어딜!"

"수작 따윈 부리지 못한다!"

조금 떨어진 채 대기 중이던 길드장들이 힘을 펼쳤다.

투투툭.

채 구현되기도 전에 물이 되어 녹아내리는 얼음창.

차수정은 혀를 찼지만 이내 웃었다.

"그럼 이건 어때?"

스스스스.

이능력이 아닌 설화유운공의 내가기공을 통해 구현되는 얼음창.

같은 식으로 녹이려던 길드장들이 움찔했다.

"뭐야?"

"이능력 견제가 통하지 않는다?"

"그냥 불로 녹여 버리죠!"

"안 돼. 자칫하면 건물에 옮겨붙는다."

그들이 수군대는 사이 두 개의 그림자가 차수정에게 쇄도했다.

"까짓것 해치우면 그만이야!"

"동감!"

휘리릭!

목을 향해 휘감겨 드는 은사.

차수정은 자세를 낮추는 동시에 얼음창을 던졌다. 그걸 소피 로난이 도중에 낚아채서 되던졌다. 차수정은 다시 몸을 굴려 피했다. 그 앞으로는 어느새 은사의 거미줄이 펼쳐졌다.

"……!"

급히 방향을 전환해 굴렀으나 완전히 피하진 못했다.

어깨 위로 혈선이 하나 더 그어졌다. 선명한 격통에 차수정이 입술을 깨물었다.

그러나 문수아는 불만족스럽게 혀를 찼다.

"또 피했어?"

차수정은 어깨를 움켜쥔 채 그렉을 돌아봤다.

"뭔가 좋은 생각 없어요?"

"하나 있다."

그렉이 힐끔 시선을 돌렸다.

아까 전에 적시운이 깨뜨린 입방형 방탄유리. 그 너머에 놓인 조선백자.

'국보…… 란 말이지.'

그렉이 백자 쪽으로 몸을 날렸다. 길드장들이 눈에 띄게 움찔했다.

"저 새끼 막아!"

"쳇!"

소피와 또 한 명의 스피드스터가 몸을 날려 그렉을 튕겨냈다.

하지만 백자를 노린 사람은 또 있었다.

"이게 부서지면 당신들도 꽤나 곤란하겠죠?"

어느새 백자 옆에 선 차수정. 그녀의 손은 항아리 주둥이를 강하게 움켜쥐고 있었다.

길드장들의 얼굴이 하나같이 핼쑥해졌다.

"안 곤란하다면 뭐 어쩔 수 없고요."

차수정의 손가락에 힘이 들어갔다. 그와 함께 스멀스멀 피어나오는 한기.

길드장들이 기겁하여 손을 내저었다.

"하지 마! 그만해!"

"분부대로."

차수정이 힘을 뺐다. 길드장들이 한숨을 쉬며 안도했다.

"마녀 같은 계집앨 다 보는구만."

나직이 투덜거리는 김계진.

차수정이 싱긋 웃었다.

"다 들리거든요?"

"김 길드장님!"

"주둥이 간수 좀 하시라니깐!"

빽 하고 고함을 지르는 동료들의 서슬에 김계진이 몸을 움츠렸다.

그사이 차수정에게 다가간 그렉이 손잡이만 남은 쿠크리를 들어 올렸다.

“허튼짓하면 깨뜨리겠다.”

“너희들…… 그게 뭔지 알기나 해?”

문수아가 애써 화를 삭이며 묻자 차수정이 차갑게 대꾸했다.

“알아. 국보 166호. 아까 너희 의원장이 말하던데?”

“그걸 알면서도 부수겠다고 협박하는 거야?”

“그걸 아니까 부수겠다고 협박하는 거지. 막말로 이게 굴러다니는 요강이었으면 너희가 눈썹이나 꿈쩍했겠어?”

“너 대체 어느 나라 년이니?”

“한국 년이지. 너와 같은.”

“그런데도 역사적인 유물을 부수겠다고?”

“부수겠다고 하진 않았는데? 너희가 허튼짓을 하면 부순댔지. 그러니 애국심 투철한 너희가 얌전히 있으면 되잖아요?”

말문이 막힌 문수아가 표정을 구겼다.

가볍게 눈웃음을 친 차수정이 그렉을 돌아봤다.

“이제 어쩌죠?”

“우선은 물어봐야지.”

그렉이 차분한 얼굴로 길드장들을 응시했다.
"너희 의원장이라는 저 사내, 이능력자인가?"
"그래요."
소피 로난이 대답했다.
"어떤 능력을 지녔지?"
"그것도 모르면서 찾아왔어요? 임성욱 의원장이 누군지도 모르면서?"
그렉이 차수정을 돌아봤다. 그녀는 고개를 살짝 가로저었다.
"불행히도 신서울 쪽엔 그리 널리 알려지지 않은 모양이군."
"그럴 수도 있겠지. 신서울 촌놈들은 대가리에 든 게 없으니까."
문수아가 빈정거리자 차수정이 정답게 웃었다.
"이거 부순다?"
"……칫!"
"비아냥대는 건 서로에게 유익하지 않을 듯하군. 묻는 말에나 대답해 줬으면 한다. 그는 어떤 이능력을 지녔지?"
"그거야 당연히……."
"가속 능력자."
"육체 강화……."
"염동……!"
동시다발적으로 흘러나온 대답. 말을 꺼낸 길드장들이 멍하니 서로를 돌아봤다.

“무슨 말을 하는 겁니까? 의원장은 스피드스터라고요.”

“헛소리! 의원장님이 1톤은 족히 되는 바위를 들어 올리는 걸 두 눈으로 똑똑히 봤구만!”

“저번에 보니 손 안 대고 물건 옮기시던데요?”

“…….”

그렉은 말없이 길드장들을 응시했다. 아무 감정도 담기지 않은 시선이었지만 길드장들은 절로 머쓱해졌다.

“여러분, 임성욱 의원장님과 오래 알고 지내셨던 게 아니었나요?”

“아니, 그게 사실…….”

“도련님이 의원장 자리에 오르신 건 반년도 안 된 일이야.”

소피 로난이 대답했다.

“도련님?”

“그래, 임성욱 도련님은 원래 전대 의원장이신 임장규 어르신의 손자시지.”

“그게 누구지?”

그렉의 질문에 소피가 냉소를 머금었다.

“당신, 외국인이군요?”

“보면 모르나?”

“미안한데 우리 모두는 한국 국적을 가지고 있어요. 외국인이던 이들도 전원 한국으로 귀화했고요."

"그렇군."

"임씨 가문은 현재의 부산을 만들어낸 일가예요. 임장규 어르신께선 동백 연합의 창설자이시고요."

"대강 알겠다. 어쨌든 너희도 임성욱에 대해선 잘 모른다는 건가?"

"그렇지는 않아요. 다만……."

차수정이 팔짱을 꼈다.

"이해가 안 되네. 이능력자들은 기본적으로 전원 정밀 조사를 받게 되어 있잖아? 체계적으로 조사해서 정확한 데이터가 나올 텐데 그걸 모를 수가 있어?"

"그건……."

소피의 표정이 구겨졌다.

그렉이 알았다는 듯 고개를 끄덕였다.

"이 동네의 왕족이라는 거군. 그러니 쓸데없는 조사 따위에선 제외됐을 테고, 아랫것들도 함부로 묻거나 알아볼 수가 없었을 테지."

"……."

"길드 연합이니 뭐니 해봐야 너희는 결국 그 가문의 입맛대로 행동해야 하는 입장이고. 아닌가?"

"저, 저! 양키 코쟁이 놈 말하는 싸가지 보게?"

"김 길드장님은 좀 가만히 계세요!"

"그냥 아무 말도 꺼내지 마십쇼!"

"아니, 거 왜 나만 가지고……."

동료 길드장들의 외침에 김계진이 시무룩하게 고개를 숙였다.

소피가 살짝 한숨을 내쉬었다.

"우리 모두는 임씨 가문을 존중합니다. 이 도시를 사랑하고요. 전 세계에서 모여든 가지각색의 인종이 이렇게까지 화목하게 융화될 수 있는 도시가 과연 얼마나 있을 거라 생각하세요?"

"아마도 없겠지. 이 도시를 폄하할 생각은 아니다. 어쨌든 너희는 저 남자에 대해 그리 자세히 알지는 못한다는 거군."

그렇다고 해야 할까?

소피의 얼굴에 당혹감이 스쳤다.

"우리는……."

쿠궁!

먼 방향에서 들려온 굉음. 길드장들이 흠칫하여 고개를 돌렸다.

방향은 백사장 쪽.

그러고 보면 적시운과 임성욱이 나간 지 상당한 시간이 흘러 있었다.

"어떻게 됐지?"

"누가 가서 확인 좀 해봐요!"

길드장 몇 명이 눈치를 보다가 현관 쪽으로 향했다. 그렉과 시선을 교환한 차수정도 걸음을 옮겼다.

"……!"

"이, 이런!"

길드장들의 얼굴에 낭패감이 어렸다.

뒤이어 바깥을 확인한 차수정은 내심 안도했다.

흙먼지가 사라져 가는 백사장 한가운데. 무릎 꿇은 임성욱과 우뚝 선 적시운이 있었다.

4

"하."

임성욱은 헛웃음을 지었다.

입술 사이로 까끌까끌한 모래알이 느껴졌다. 침을 퉤 뱉어도 텁텁한 느낌이 가시질 않았다.

"어이가 없어서……."

임성욱은 고개를 들었다.

무릎 꿇은 자신과 달리 태연히 서 있는 사내가 보였다.

시선은 자연히 사내의 오른손으로 향했다. 희미한 피 얼룩

이 묻어 있는 손등.

어디서 묻었는지는 생각할 것도 없었다. 지금도 혀끝에 시큼한 피 맛이 감돌고 있었으니까.

"때린 거냐?"

"그래."

적시운이 실소를 머금었다.

"맷집은 합격점인걸. 모가지 좀 삐걱대게 만들어줄 생각으로 후렸는데."

"너, 진짜 미친 새끼지?"

"그 비슷한 말 지껄이던 놈들이 종종 있기는 했지."

"이게 무슨 동네 패싸움도 아니고, 우리가 붙으면 부산과 신서울 간의 전쟁으로 번지게 된다. 그런데 너, 그걸 감당할 수 있겠냐?"

"못할 건 뭔데? 너나 네 스승이란 작자들이 엄두도 못 낼 일을 이미 해낸 몸인데."

"우리가, 지킴이가 무서워서 정체를 드러내지 않았던 거라 생각하는 거냐?"

"그래."

적시운의 입가에 분명한 비웃음이 걸렸다.

"그게 아니면 뭔데. 이 나라 정부의 부당함에 대해 지껄여댔지만, 솔직히 천무맹 놈들이 무서웠던 거잖아? 그래서 신서울 정부를 어찌할 엄두도 못 낸 거고."

"개소리."

"개소리로 들린다면 주둥이 좀 틀어막아 보든가. 어차피 처음부터 신사적으로 입이나 놀려댈 것도 아니었으면서."

"……그랬지."

무릎을 편 임성욱이 아랫배에 힘을 주었다. 순간적으로 발산되는 기세에 백사장이 진동했다. 새하얀 모래밭이 공명하는 광경은 장관이었다.

대륙의 무공과 비슷하면서도 조금은 다른 기운. 그러나 결코 약하다고는 볼 수 없었다.

[깨끗하면서도 묵직하군. 좋은 기질을 지녔어. 해동의 것이라 하여 가벼이 봐선 안 되네.]

'그럴 리 없잖아. 이러니저러니 해도 우리나라의 무예인데.'

기세를 헤아리자면 사설륜 따위보다는 아득한 우위.

백진율에 비할 정도는 아니었지만 마음 놓을 수준도 결코 아니었다.

'게다가 아직 모든 걸 드러내지도 않았고.'

[제대로 한판 해볼 생각이로군, 자네.]

'이런 기회는 흔치 않으니까. 나에게도, 저 녀석에게도.'

적시운은 단전에서 기운을 끌어올렸다. 천마신공의 기운

이 온몸을 감싸자 임성욱의 표정이 살짝 굳었다.

"너……."

"복잡하게 머리 굴리는 건 권창수나 박태수 같은 사람들이 할 일이지. 우린 아냐. 안 그래?"

"……."

"네가 이기면 집 지키는 황구 노릇이라도 해주지. 내가 이기면 토 달지 말고 내 말을 따르는 거고. 어때?"

"국가의 일을 싸움박질 한판으로 결정하자는 거냐?"

"그럼 테이블이라도 사이에 두고 마음에도 없는 말이나 지껄여 댈까? 쓸데없는 단어 하나, 표현 하나에 태클이나 걸면서 수십 일을 낭비해 가며?"

"……."

"미안하지만 그럴 시간 따윈 없거든. 사실 네 생각 따윈 중요하지도 않아. 싫다고 하면 내 뜻대로 밀어붙일 생각이거든."

"그러게끔 내버려 둘 것 같으냐?"

"응."

적시운은 딱 잘라 말했다.

"넌 내게 안 돼."

그 순간 임성욱의 머릿속에서 무언가가 뚝 끊어졌다.

동백 연합의 의원장이자 임씨 가문의 적자, 그 외 리스트를 열거하자면 A4 용지 한두 장으로 부족할 수많은 직함. 그 모든 게 사라지고 하나만이 남았다.

싸움꾼.

결국 무예를 익힌다는 것은 싸움을 위한 것이기에.

임성욱은 순수한 분노에 몸을 맡겼다.

"으아아!"

쾅!

묵직한 주먹이 날아들었을 때 적시운은 희열을 느꼈다.

그것은 지금까지와는 조금 다른 의미의 싸움을 앞에 둔 자의 감정이었다.

처음에는 살기 위해 싸워야 했다.

약하고 부족했기에, 조금이라도 긴장의 끈이 느슨해졌다간 목숨이 달아날 판이었기에.

그다음엔 돌아가기 위해 싸웠다.

북미 제국의 수많은 적과 마수들, 그들을 상대해 쓰러뜨렸던 것은 집으로 돌아간다는 하나의 목적 때문이었다.

돌아온 후에는 지키기 위해 싸웠다.

중화당과 천무맹, 그리고 꼭두각시나 다름없는 정부 내각…….

지금은 조금 달랐다. 궁극적인 목표는 부산 내 세력의 협조를 끌어내기 위함이었지만, 이미 그건 뒷전으로 넘어간 지 오래였다.

사실 가장 좋은 형태는 싸우지 않고 협력을 얻는 것.

임성욱을 도발하여 싸우게 만드는 건 정답이라 보기 어려웠다.

그럼에도 적시운은 그렇게 했다. 이런 기회를 다시 놓치고 싶진 않았기에.

'어쩌면 이런 게 무인의 호승심이란 건지도 모르겠어.'

[인간은 누구나 그런 감정을 지니게 마련일세. 남들보다 잘나고 싶다거나, 누군가를 넘어서고 싶다거나……. 그런 감정이 세상을 이끌어 왔노라고 본좌는 단언할 수 있네.]

천마의 음성은 평소와 달리 엄숙했다.

[하나 기억하게. 그 호승심이란 것도, 이길 때나 충족되는 것이라는 사실을. 깨지고 나면 배 아프고 열불만 나는 법이라는 걸.]

'역시 그렇겠지?'

[음, 그러니 이기게. 싸우는 자의 목표점은 승리뿐. 그 이상도 이하도 없네.]

주르르륵!

적시운의 신형이 밀려났다. 임성욱이 곧장 뒤따랐다.

"건곤(乾坤)!"

공력의 기질이 변화했다. 임성욱의 신형은 바람의 가벼움과 암석의 묵직함을 지닌 채 적시운을 추격했다.

[하늘과 땅인가. 이름은 그럴싸하군.]

콰광!

두 번째 권격이 작렬했다. 두 팔을 교차해 방어한 적시운의 발아래가 움푹 꺼졌다.

촤아아악!

백사장 위로 치솟는 모래 먼지. 그 안에서 적시운과 임성욱은 삽시간에 20여 합을 교환했다.

파앙!

경쾌하기까지 한 타격음과 함께 적시운의 몸이 다시 밀려났다. 해안까지 밀려난 신형이 파도와 부딪혀 물살의 벽을 치솟게 했다.

적시운은 신형을 회전시켜 파도의 벽을 후렸다.

핑! 피핑!

내공이 실린 물방울들이 수탄(水彈)이 되어 임성욱에게 쇄도했다.

"감리(坎離)!"

내공의 기질이 재차 돌변했다.

왼팔을 뻗어 훑으니 수탄들이 부드러워지고 오른팔로 때리니 기화되어 흩날렸다.

[달과 해, 물과 불의 기운이 한데 공존하는가.]

임성욱이 허공을 박찼다. 눈으로 좇기에도 벅찰 만큼 현란한 비각술이 펼쳐졌다.

빗발처럼 내리꽂히는 발차기의 폭풍.

적시운은 굳이 맞서지 않고서 전방으로 미끄러져 나갔다.

아슬아슬하게 스쳐 나간 공격이 파도 위로 내리꽂혔다.

"와아!"

지켜보던 길드장들이 탄성을 질렀다. 이능력과는 확연히 다른 무언가임을 그들 모두가 절실히 깨달았다.

"저게 그, 뭐냐. 태권도지? 발 졸라 차는 게 태권도 맞지?"

"택견 아니에요?"

"옛법! 뭐 그런 게 있다고 들었는데 저건가 봅니다."

"임 의원장님이 무술 하시는 분이었어요?"

한순간 상황도 잊고서 재잘거리는 길드장들. 조금 전까지의 살벌한 대치가 조금이나마 누그러지는 느낌이었다.

"임성욱 의원장님이 익히신 건 일인전승되어 온 무예인 모양이에요. 그 근원까지는 자세히 모르겠지만."

차수정의 설명에 몇몇 길드장이 고개를 주억거렸다. 반면 소피와 문수아는 표정을 팍 구겼다.

"이게 왜 갑자기 친한 척이래? 누가 너한테 물었어?"

"빠져나갈 구멍 만들어 두려고 그러는 거지? 너희라도 살아보려고 말이야!"

"내가 왜?"

"너네랑 같이 온 인간이 곧 된통 깨져 나갈 테니까!"

차수정의 얼굴에도 희미한 노기가 떠올랐다.

“미안한데 그럴 일은 없을 거야.”

“흥! 지금 돌아가는 것만 봐도…….”

쿵!

거대한 굉음이 해운대를 흔들었다. 홱 고개를 돌린 길드장들의 얼굴에 낭패감이 스쳤다.

“이런……!”

“의원장님!”

잇따라 몰아치던 임성욱이 반격에 직격당해 바다로 떨어졌다. 적시운은 멈추지 않고 뒤따라가서 권격을 내리꽂았다.

“마!”

“이 비겁한 새끼야!”

“고마해라, 너!”

길드장들이 왁자지껄 소리를 질러댔다. 연격을 몰아치려던 적시운이 잠시 멈칫했다.

[저것들이 대체 뭐라 떠드는 건가?]

‘자기네 대장을 응원하는 건가 본데.’

[자네도 응원 좀 해달라고 하지 그러나?]

‘걔들한테?’

기감을 통해 살펴보니 그렉은 백자 앞을 지키고 있었다. 보아하니 볼모로 잡아둔 모양. 고지식한 성격답게 한 발짝도

움직이지 않는 중이었다.

'그리고 차수정은…….'

길드장들 사이로 그녀의 얼굴이 보였다. 적시운의 시선을 의식한 듯 그녀가 손을 흔들었다.

"힘내세요, 선배!"

차수정이 손을 흔들자 문수아와 소피가 살기등등하게 노려봤다.

"응원하지 마! 비겁하게!"

"어디 우리 앞에서!"

차수정은 들은 척도 하지 않았다.

그대로 공격할까 하던 그녀들의 시야 한편에 백자가 들어왔다. 결국 포기하고서 목청껏 소리쳤다.

"임성욱 의원장님, 파이팅!"

"확 깨버려요, 그 자식!"

철벅!

수면 위로 얼굴을 내민 임성욱이 미간을 구겼다.

"대체 뭐 하는 거야, 저 인간들은……."

"일방적인 응원인데 좋지 않아? 저 친구들이 홈경기의 이점을 고스란히 보여주고 있잖아."

"여유만만이로군. 계속 그렇게 지껄일 수 있을 것 같나?"

"응."

적시운이 천랑섬권을 펼쳤다.

흠칫한 임성욱이 전력으로 솟구쳤다.

퍼엉!

어뢰라도 터진 것처럼 솟구치는 물보라.

그 위로 치닫는 임성욱의 신형이 허공에서 반전했다. 이대로 내리꽂히며 반격하려는 계산.

감리의 내력 역시 건곤으로 전환해 일격필살을 준비했다.

한데 보이지를 않았다.

그제야 임성욱은 한 가지 사실을 깨닫고서 경악했다.

'놈의 기척을……!'

"못 느끼겠지?"

목소리는 머리 위에서 들려왔다. 반사적으로 신형을 회전시키는 임성욱의 복부로 발꿈치가 꽂혀 들었다.

첨벙!

앞선 것보다도 크게 치솟는 물보라.

탄식과 비명이 들려오는 가운데 적시운이 허공을 차고 물보라 속으로 낙하했다.

재차 이어지는 10여 초의 공방.

아까와의 차이라면 공수의 밸런스가 한쪽으로 기울어졌다는 것이었다.

촤악!

가까스로 물 지옥에서 빠져나온 임성욱이 백사장을 굴렀다. 셔츠와 바지는 어느새 걸레 조각이 되어버린 뒤. 더불어 군데군데가 붉게 물들어 있었다.

"크……!"

신경질적으로 몸을 일으킨 임성욱이 단전의 힘을 모조리 끌어냈다.

'태극(太極)이 아니고선 대적할 수 없다!'

놈은 강했다.

내뱉는 말과 태도가 오만방자하기 짝이 없었지만 그럴 만한 자격이 있었다.

하기야 그쯤이 아니고선 하루아침에 신서울을 뒤엎을 수도 없었을 터.

분한 마음이 들었지만 동시에 희열도 느껴졌다.

'이렇게까지 힘을 펼쳐 본 게 얼마 만이던가.'

의원장으로서 길드장들의 의견을 조율하고 그들을 이끈다. 만족스러운 삶이었지만 이유 모를 공허함과 답답함을 가끔 느끼고는 했다.

하나 피투성이에 걸레짝이 된 지금, 아이러니하게도 임성욱은 해방감을 느끼고 있었다.

"그렇기에 끝까지 가주마."

임성욱의 눈동자 위로 귀기가 어렸다.

[또다시 기질이 변화하는군. 체내의 기운을 바꿈으로써 외적인 형과 식을 송두리째 변화시키는 무예인 모양일세.]

'그리고 이게 비장의 한 방일 테고.'

[어찌할 텐가?]

'뻔하잖아?'

좌아악!

적시운의 몸 위로 흑색의 기운이 어렸다.

천마투기의 상승 수법인 수라강기(修羅罡氣).

적시운은 한 줄기의 섬전이 되어 임성욱에게로 날았다. 임성욱 역시 백사장을 박차며 섬전을 향해 쇄도했다.

그리고 충돌했다.

5

—……오후 3시경에 발생한 지진의 여진이 사라진 가운데, 부산 기상청은 아직 원인을 파악 중에 있습니다. 이에 부산시청은 시내 초, 중, 고등학교에 임시 휴교령을 내리는 방안을 고려 중에 있습니다.

—다음 소식입니다. 지난달 중구 A 아파트에서 벌어진 살인 사건의 용의자가 어제 오후 경찰에 체포되었습니다. 용의자는 40대 남성인 김모 씨로…….

TV를 통해 들려오는 소리.

임성욱은 눈을 떴다.

"……."

약 기운이 감도는 듯 머릿속이 멍했다.

그렇게 잠시 기다리니 응시하고 있는 천장의 무늬가 선명해졌다.

카멜리아 타워 내의 병실. 밤바다의 파도 소리가 창 너머로 희미하게 들려왔다.

밤하늘에선 어느새 별빛이 쏟아지는 중.

부산스러우면서도 고요한 밤이었다.

"깼어요?"

부드러운, 그러나 익숙하지는 않은 여성의 목소리.

TV가 꺼지고 침묵이 찾아왔다.

고개를 돌린 임성욱은 한동안 두 눈만 깜빡거렸다.

"누구……?"

"차수정이라고 해요. 음, 그러니까……."

뒤늦은 기억이 임성욱의 머릿속으로 스며들었다.

"그 남자의 일행이군요."

"네, 적시운 선배와 함께 왔어요."

"당신이 여길 지킨다는 건, 내가 인질로 잡혔다는 뜻입니까?"

"비슷해요. 그래도 필요한 치료는 모두 해두었으니 너무 걱정은 마세요."

"걱정하지 않습니다. 어릴 적부터 몸뚱이만은 튼튼했던 지라."

"예, 그러실 거라 생각해요. 음, 그래도…… 당분간은 요양하셔야 할 거예요."

임성욱은 혹시나 싶어 팔다리를 움직여 보았다.

불에 덴 듯한 화끈한 통증이 신경계를 타고 치달았다.

"의사가 마취를 하긴 했는데, 보아하니 벌써 풀린 모양이네요. 하긴 선배도 그럴 거라고 말씀하셨어요."

"부러진 겁니까?"

"네, 좀 더 정확하게 말하자면 파쇄되었다고 해야겠죠."

"파쇄?"

"그러니까, 가루가 되었다고요."

임성욱은 천장으로 시선을 올렸다.

기절하기 전의 상황을 떠올려 봤지만 확연히 떠오르는 게 없었다. 그저 눈앞을 시커먼 암흑이 뒤덮었다는 것만이 떠오를 뿐.

그것으로 모든 게 끝났다.

그렇다면 결과 또한 분명한 것.

"제가 졌군요."

"……네."

차수정의 얼굴에 미안한 감정이 떠오르자 임성욱이 쓰게 웃었다.

"동정하지 말아주었으면 합니다. 두 번 죽는 기분이라서요."

"아, 네. 죄송해요."

"다른 길드장들은 어떻습니까?"

"최상층 회의장에 모여 있어요. 시운 선배가 거기에 처박혀 있으라고 으름장을 놓았거든요."

"충돌은 없었습니까?"

"네, 앞으로는 어찌 될지 모르겠지만요."

차수정의 시선이 창밖을 훑었다.

"아실지 모르겠지만 지금 이 섬엔 사람이 바글바글해요. 하나같이 완전무장한 길드 전투원들이 건물을 이중삼중으로 포위 중이거든요."

"그렇습니까."

"그러니까 저희는 인질을 잡고 농성 중인 셈이죠."

임성욱은 베개에 머리를 깊이 파묻었다.

"그는 대체 무슨 생각으로 이런 일을 벌인 겁니까?"

"그건 저도 모르겠군요. 그래도 적시운 선배니까, 다 계획이 있으리라고 생각해요."

"그 남자는 대체 누굽니까?"

"알고 계시잖아요?"

"한국 정부 특무부 출신 2급 사이킥. 그건 결국 껍데기일 뿐이잖습니까. 내 질문이 의미하는 바를 모르시진 않을 텐데요."

"그건……."

차수정의 얼굴에 희미한 그림자가 드리워졌다.

"그 질문에 대답할 수 있는 사람은 아마 시운 선배 본인뿐일 거예요. 저로서는 그저 선배가 나쁜 사람이 아니라고밖엔 대답해 드리지 못하겠네요."

임성욱이 피식 웃었다.

"그렇겠죠. 다짜고짜 찾아와 시비를 걸고는 제 팔다리를 아작 내놨지만 말입니다."

"그건……."

"탓하려는 건 아닙니다. 그가 말했던 것처럼, 저 또한 싸울 마음을 먹고는 있었으니까요."

권창수에게도 대놓고 말했었다.

엄밀히 말해 한판 붙어보겠다는 암시를 했을 뿐.

하지만 변명할 생각은 없었다.

어쨌든 적시운은 그에 대응했을 뿐이니.

"그가 말한 대로…… 우리들의 방식으로 결판을 낸 것에 지나지 않습니다."

"다른 사람들도 그렇게 생각해 준다면 다행일 텐데요."

차수정은 다시 창밖으로 시선을 던졌다.

하늘에서 쏟아지는 별빛을 무색하게 할 광점들이 섬 위로 반짝이고 있었다.

포위 중인 병력이 흘리고 있는 플래시 라이트. 그 빛살 하나하나가 마치 우뚝 솟은 칼날처럼 느껴졌다.

신서울과 과천 특구는 준전시 상황에 돌입해 있었다.

김성렬은 수도권 3개 사단에 이동 명령을 내렸다. 조치원과 논산, 청주를 향해 기갑 병력이 부리나케 움직였다. 군단 병력이 전원 남부를 향해 배치된 것이다.

방어하려는 것은 물론 부산시의 전력. 사태는 일촉즉발로 치닫고 있었다.

"모두 모여주셔서…… 감사합니다."

집무실 안에 네 사람이 모여 있었다. 권창수와 김성렬, 박태수와 김무원이 그들이었다.

하나같이 파랗게 질린 얼굴들. 하기야 상황을 보자면 그럴 만도 했다.

"적시운은 대체 무슨 생각인 것이오?"

박태수의 질문에 권창수는 눈을 비볐다.

"저도 물어보고 싶군요."

"연락할 수 있지 않소이까?"

"부산 쪽 전파 방해 때문에 연락이 닿지 않고 있습니다. 필시 우리와 상의하여 일을 저질렀으리라 의심하고 있겠죠."

"……."

"김주용 시장에게선 별 얘기 없었습니까?"

"없었을 것 같소? 자기 좀 살려달라고 사정사정을 하더군. 이대로 있다간 자기 목이 제일 먼저 달아날 거라고 말이오."

"누구에게 말입니까?"

"임장규."

박태수가 말했다.

"부산의 진정한 실세요."

"좀 더 구체적으로 말씀해 주시겠습니까?"

"임성욱의 조부이자 동백 연합의 창설자라면 설명이 되겠소?"

충분히 되고도 남았다. 심정적으로는 듣느니만 못한 설명이었지만.

"자기 손자가 그런 꼴을 당했으니 화가 머리끝까지 났겠군요."

"보통은 그렇다고 봐야겠지."

박태수의 말에서 느껴지는 미묘한 뉘앙스를 권창수는 놓치지 않았다.

"그렇지 않을 수도 있단 말씀입니까?"

박태수의 얼굴에 고민의 기색이 스쳤다.

"괜찮으시다면 부디 말씀해 주십시오, 박 회장님."

"괜찮다면 이미 말하고도 남았을 거라 생각하지 않으시오?"

"죄송합니다."

권창수가 고개를 숙였다. 깔끔히 사과하고 나오니 박태수가 더 뭐라 하지를 못했다.

"세 분께선 아실지 모르겠지만, 나는 여러분보다 훨씬 이전부터 천무맹의 존재에 대해 알고 있었소."

"그러셨군요."

"침묵을 지킨 겁쟁이라고 비난하려면 하시구려."

"그럴 리가 있겠습니까? 저희가 박 회장님의 입장이었더라도 그랬을 겁니다."

"흥. 어쨌든…… 그 시기에 임 어르신과 연이 닿게 되었지. 그리고 믿기 어려운 사실을 알게 되었소."

세 사람의 시선이 집중됐다.

"실전된 줄 알았던 옛 무예의 맥이, 끊어지지 않고 남아 있었던 거요."

"옛 무예라면…… 적시운 님의 무공과 같은……?"

"조금 다르오. 그의 무예는 경우가 어떻든 간에 중국 무술에 뿌리를 두고 있으니."

"그 무예의 맥을 이어온 사람이 그분이란 말씀이군요."

"그렇소. 그리고 임성욱은 그 후계자지."

무맥의 후계자.

적시운은 그런 사내를 쓰러뜨린 것이다.

"임씨 가문이 부산 내에서 지니고 있는 힘이란 절대적이오. 임 어르신과의 연이 없었다면 우리 태천그룹도 부산에 진출하지 못했을 거요."

"……."

세 사람의 얼굴이 한층 어두워졌다.

"정말 전쟁이 벌어질 수도 있겠군요."

"상식적으로 보자면 이미 벌어졌다고 봐도 틀리지 않겠지."

"그렇지 않을 가능성도 있단 말씀입니까?"

"모르겠소. 확답하기 어렵군."

박태수가 무거운 한숨을 내쉬었다.

"분명한 것은 향후의 모든 것이 그분의 뜻에 달렸다는 사실이오."

"괜찮은 건가?"

"응."

적시운이 거리낌 없이 대답했다. 덕분에 질문을 건넨 그렉만 머쓱해졌다.

"지금쯤 고민하고 있지 않을까 생각했는데, 그렇지도 않은가 보군."

"왜?"

"호승심에 이끌려 싸움을 건 게 아니었나? 그리고 임성욱을 완전히 박살 내놓았지. 그 뒤에 남은 것은 잔뜩 분노한 부산의 길드들이고."

"그렇다고 딱히 무서운 건 아니잖아?"

"그렇긴 하지만……."

그렉은 창밖을 응시하며 팔짱을 꼈다.

"천무맹이라는 공동의 적을 앞에 둔 아군끼리 분열하고 대립하게 되는 건 아닐지 걱정될 따름이다."

"……."

적시운의 시선도 그렉의 뒤를 따랐다.

창가 아래, 동백섬을 가득 채우고 있는 수천 명의 인파. 연합 내 길드원들이 모조리 몰려든 결과였다.

길드장들이 호출한 것은 아니었다. 그들도 사실상 회의장에 감금된 입장. 임성욱을 생각해서라도 허튼짓을 할 수가 없었다.

실제로 수하들이 몰려왔을 때에도 적시운에게 간청했을 정도였다. 저들이 물러나게끔 설명하게 해달라고.

적시운은 그 부탁을 거절했다. 덕분에 현재의 기묘한 대치가 계속되고 있었다.

"뭔가를 기다리고 있는 건가?"

그렉의 질문에 적시운이 느릿하게 고개를 끄덕였다.

"임성욱과 마지막으로 부딪쳤을 때, 한 가지 사실을 깨달았어."

"무엇을?"

"세 개의…… 전투 모드라고 해야 할까? 녀석은 내공의 성질을 변화시킴으로써 서로 다른 전투 스타일을 보여줬어."

그렉은 고개를 끄덕였다. 비교적 무위가 떨어지는 그가 보기에도 임성욱의 전투 방식은 수시로 격변하는 느낌이었다.

"아마 기혈의 흐름에 인위적으로 변화를 준 것 같아. 자동차 기어를 변환하는 것처럼. 뭐, 이것도 추측일 뿐이지만."

"그렇군."

"그런데 녀석이 마지막으로 펼친 모드는 미완성이었단 말이지."

"흠……."

"가능성은 두 가지야. 무맥이라는 것 자체가 미완성 상태로 이어졌거나, 임성욱이 아직 배우는 과정에 있거나."

"스승이 있을 거라는 말이군."

"그래."

창밖, 섬 위로 켜져 있는 광체들이 홍해처럼 좌우로 갈라지고 있었다.

"아무래도 그 스승님이 찾아온 모양이야."

"설마……."

갑작스러운 착신음이 그렉의 음성을 끊었다. 스피커를 켜자 오들거리는 음성이 들려왔다.

—어, 어르신께서…… 찾아오셨어요.

"어르신?"

홱 하는 소리가 났다. 그 뒤로 무뚝뚝한 음성이 이어졌다.

—나 임장규라고 하네. 적시운 거기 있나?

적시운이 통신기 앞으로 다가섰다.

"여기 있습니다."

—우리 손자가 신세를 진 모양이더군.

"초면에 결례를 보이게 되어 송구스럽습니다."

—결례랄 게 뭐가 있겠나. 비무 중에 팔다리가 부러지는 것쯤이야 무인의 일상인 것을.

적시운은 느낄 수 있었다. 늙은 무인의 음성에 숨기기 어려운 희열이 담겨 있음을.

–싸움에 임한다는 건 다칠 수도 있으며 죽을 수도 있다는 것. 그 결과에 대해 왈가왈부할 생각은 없네.

"감사합니다."

–하지만 이대로 넘어가는 것도 무인으로서 용인하기는 어려울 듯싶군.

임장규의 음성이 나직해졌다.

–지금 올라가지. 괜찮겠나?

적시운은 담담히 웃었다.

"저는 거리낄 게 없습니다."

제38장
부산 논검

1

엘리베이터의 문이 열렸다.

160 중반쯤 되어 보이는 단신의 노인이 내려섰다. 개량 한복을 입고 있는 노인의 얼굴엔 검버섯이 가득했으나 눈빛만은 형형했다.

배후에서 부산을 좌우한다는 임씨 세가의 가주이자 동백 연합의 창설자.

노인은 필시 임장규임이 분명했다.

"아무래도……."

임장규의 시선이 그렉에게 잠시 머물렀다가 적시운에게로

향했다.

“저 코쟁이 친구는 아닌 것 같고, 그러니 자네밖에 없겠군.”

“제가 적시운입니다.”

“임장규일세. 본론에 앞서 성욱이 좀 봐도 되겠나? 못난 손주 놈이지만 걱정되는 건 어쩔 수 없군.”

“물론입니다.”

세 사람은 다시 엘리베이터에 올랐다.

“길드 대가리들은 어찌했나?”

“최상층 회의장에 구금시켰습니다.”

“보아하니 감시자는 없는 듯한데.”

“예.”

“그런데 한 놈도 빠져나올 기미를 보이지 않는다고?”

“나오면 손주분 목숨을 거두겠다고 경고해 두었습니다.”

임장규가 희미하게 웃었다.

“세 치 혀 놀림만으로 순순히 따를 녀석들이 아닌데, 꽤나 자네한테 쫄았나 보구먼.”

“그만큼 의원장을 염려하는 거겠죠.”

“염려는 무슨. 그런 말랑한 짓거릴 할 만큼 우아한 놈들이 아닐세. 하나같이 조야하고 우악스럽지. 이 부산의 바닷바람이 사람을 그리 만드는지는 몰라도.”

“어르신께서 무맥의 전승자이시지요?”

"보면 모르나?"

가만히 둘의 얘기를 듣던 그렉의 시선이 임장규를 훑었다. 적시운이나 자신보다 머리 하나는 더 작은 체구. 고령을 감안하면 어쩔 수 없다지만, 그걸 제외하더라도 강하다는 느낌은 들지 않았다. 최소한 외형적으로는.

"한판 붙고 싶어 안달이 난 모양이구먼."

"그 정도는 아니고, 그냥 확인해 보고 싶은 겁니다."

"그 말이 그 말이지."

"천무맹에 대해선 알고 계십니까?"

임장규의 눈빛이 순간 깊어졌다.

"닭장을 지키는 번견(番犬)이 살쾡이에 대해 모를까."

"저, 그 새끼들 깨버릴 생각입니다. 도와주시겠습니까?"

"이 늙은이더러 나가 싸우라고?"

"동백 연합과 부산을 움직여 주시는 정도면 충분합니다."

"그야 걔들이랑 상의할 문제지."

땡.

엘리베이터가 병동 층에 도착했다. 세 사람은 임성욱이 누워 있는 병실로 향했다.

"아."

앉아 있던 차수정이 일어섰다. 침대에 누운 임성욱도 세 사람을 발견하고는 움찔했다.

"하, 할아버지."

"못난 놈."

임장규가 끌끌 혀를 찼고 임성욱은 얼굴을 붉혔다.

"죄송합니다."

"뭐가 말이냐?"

"맥의 후계자로서 패배하여 사문의 이름에 누를 끼친……."

"놀고 있네. 기억하는 이 하나 없는 무맥 따위에 명성이 어디 있고, 누를 끼칠 건 뭐가 있단 말이냐? 하여간 잉크 물 먹은 놈들은."

"……."

"깨거나 깨지는 것은 싸우는 놈의 운명이니 머리통 구겨가며 끙끙거릴 것 없다. 살아남았고, 몸 성하면 된 거지."

"할아버지……."

"헛소리할 여력이 있으면 몸이나 잘 추슬러라."

"예."

임성욱이 고개를 푹 숙였다. 임장규는 손자의 머리를 살짝 쓰다듬고는 병실을 나왔다.

"가세. 위층에 대련장이 있으니."

"거기서 싸워도 되겠습니까? 자칫 건물에 영향이라도 끼치게 되면 곤란할 것 같은데요."

임장규가 적시운을 힐끔 돌아봤다.

“이 늙은이랑 치고받고 싸우려고?”

“예? 아니, 하지만…….”

“무인이 제자를 왜 키우는 줄 아나? 언젠가는 깨닫게 되거든. 어느 순간 오줌발이 약해졌다는 걸, 예전과 달리 비가 오니 삭신이 쑤신다는 걸.”

“…….”

“담겨 있는 무의 정수는 여전히 빠릿빠릿한데 그릇은 낡고 금이 가버린 게지. 그게 엄청 골때리면서도 안타까운 일이거든.”

“그래서 제자를, 후계자를 들인다는 겁니까?”

“꼭 그렇다는 건 아니고, 내 경우엔 그랬다는 걸세. 저 순하고 허약해 빠진 녀석을 제자로 들인 것도 그 때문이거든.”

적시운은 피식 웃었다.

“그렇게 약해 빠지진 않았던데요.”

“그렇다고 엄청 빡빡한 것도 아니었잖나.”

“예, 그건 그랬습니다.”

임장규가 치뜬 눈으로 적시운을 돌아봤다.

“격식 차리지 않는 말투구먼. 이런 경우는 둘 중 하나지. 엄청 센 놈이거나 허풍선이거나.”

“저는 어느 쪽 같아 보이십니까?”

"허풍선이는 아닐 거라 믿고 싶네."

"손자분을 이겼기에?"

"아니, 천무맹 짱개들이랑 싸운다니까. 허풍만 들어찬 놈이 괜히 나섰다가 깨지기라도 하면 이 나라 전체가 아작 날 거거든."

"……그들과 맞서보셨습니까?"

"맞서려 했었지. 포기했지만."

위이잉.

전자식 자동문이 열리며 실내에 불이 들어왔다. 고풍스러운 느낌의 비무장이 마련되어 있었다.

"왜 포기했는지는 자네도 알 테지?"

"……."

"이 나라는, 최소한 조선 시대부터의 이 나라는 강자였던 적이 없네. 뭐, 생각해 보면 지리적으로나 환경적으로나 운이 지지리도 없었던 탓이 크겠지만."

임장규가 비무대 위로 올랐다.

"약했기 때문이지. 약하기 때문이고. 내가 왜 악착같이 부산을 지켰는지 아는가? 전 세계의 사냥꾼을 긁어모아 이 도시를 투쟁의 심장으로 만들었는지 아는가?"

"강해지기 위해."

적시운도 비무대에 올랐다.

"그렇다네. 강해져서 살아남기 위해. 그리고 어깨에 힘 좀 줘보기 위해."

임장규가 쓴웃음을 지었다.

"당장 눈앞의 마수들에게서 살아남지도 못한대서야, 천무맹과의 싸움은 꿈도 꾸지 못할 일이거든."

"그러면……."

"내 일생을 거기에 바쳤네. 언젠가 다가올 천무맹과의 싸움에. 저 빌어먹을 중화주의자들에게 한 방 먹여주기 위해. 그러나 김칫국 마시지 말게. 싸우는 것도 승산이 보일 때나 생각해 볼 일이니."

"그러니 제 능력을 확인해 보시면 될 것 아닙니까?"

"그럴 것이네. 하지만 말했다시피 나는 너무 늙었거든."

"제자를 쓰러뜨렸으니 합격점 아닙니까?"

"걘 아직 갈 길이 멀었어. 솔직히 배우다 만 애한테 이긴 걸로 자랑하기엔 쪽팔리지 않나?"

"그럼 어떻게 하자는 말씀입니까?"

"직접 몸으로 부닥치지 않고도 대련을 하는 것이 불가능하진 아니하잖나? 거, 뭐냐. 섀도복싱(shadow boxing) 비슷하게."

잠시 생각하던 적시운이 미간을 찡그렸다.

"논검(論劍)을 하자는 말씀입니까?"

"아, 그래. 그거. 자네는 나이도 젊은 친구가 그런 단어도

다 아는군. 스승 되시는 양반이 가르쳐 줬나?"

"예. 뭐, 비슷합니다."

"교양이 풍부하신 양반이구먼."

스스스스.

임장규의 어깨 위로 희미한 기운이 피어났다. 160의 단구 노인의 몸 위에서 팔척장신의 그림자가 기지개를 켰다.

"하는 방법은 알고 있겠지?"

"예. 뭐, 대강은."

적시운도 운공에 나섰다. 천마신공의 검은 기운이 육체 위로 스멀스멀 피어났다. 내내 여유롭던 임장규의 표정이 비로소 진지해졌다.

"거칠고 날카로운데도 묘하게 정순하군."

"마도(魔道)의 무공이니까요."

"마도라. 결국은 사람 패는 기술이 무예인 것을, 정(正)과 사(邪)가 어디 있으며 마(魔)는 또 어디에 있겠나?"

"그 얘기 들으면 좋아할 사람이 한 명 있기는 하죠."

"자넨 아니고?"

"저는 뭐 딱히……."

"그런가."

임장규가 빙긋 웃은 순간, 배후의 그림자가 돌연 바닥을 차며 쇄도했다. 적시운 역시 같은 방식으로 권격을 뻗쳤다.

파앙!

아무것도 없는 허공에서 청명한 파공음이 울렸다. 벽에 걸린 병장기들이 떨어지고 장식품들이 덜그럭거렸다.

"기운은 좀 더 낮추는 게 좋겠군. 어디까지나 정신으로만 싸우는 걸세."

"알겠습니다."

두 사람이 재차 격돌에 들어갔다.

휴대폰을 확인한 소피 로난이 고개를 돌렸다.

"어르신이 오셨대요."

그녀의 말에 길드장들의 얼굴이 사색이 되었다.

"아래쪽이 뭔가 부산스러운 것 같더라니."

"건물 안에 들어오셨답니까?"

"이미 엘리베이터 타고 올라오신 모양이에요."

"어, 그러면……."

길드장들이 서로를 돌아봤다.

"우리, 나중에 크게 혼나는 거 아냐?"

"도련님을 구하려는 척이라도 했어야 하는 거 아니여?"

"협박당했는데 어쩌라고? 그 잡놈들이 도련님을 해치기라도 하면 더 큰일이 날 텐데."

"그래도 뭔가 했어야 하는 것 아닌지……."

불편한 침묵이 내려앉았다.

모두가 고민에 잠겨 있는 가운데 벌떡 일어나는 이가 있었다.

"에이 씨! 나는 마, 그런 거 모르겠고 그냥 내려가서 놈들이랑 결판을 내련다!"

"김 길드장님……."

"한심하게 쳐다보려면 마음대로 하소. 난 원래 이런 놈이니 그냥 맘이 시키는 대로 하려오."

소피가 자리에서 일어섰다.

"저도 같이 가요."

"응?"

김계진의 눈이 휘둥그레졌다.

"아니, 허. 이 아가씨가 뭘 잘못 먹었나……?"

"그냥 생각이 일치하는 것뿐이에요. 무엇보다 그 계집애한테 당하고서 가만히 있을 수만은 없어요."

"흠. 뭐, 마음대로 하시구려."

"그럼 나도."

문수아가 몸을 일으켰다. 몇몇 길드장도 주춤거리다가 자리에서 일어섰다.

"자, 잠깐. 그래도 일단은 생각을 더 해봐야……."

"그거 알아요?"

문수아가 딱 잘라 말했다.

"재들은 셋이고 우리는 수십 명이라는 거. 머릿수가 이런데 세 명이 협박하는 대로 멍청히 따르는 건 미치도록 쪽팔리는 일이라는 거."

"……."

"난 쪽팔려서 내려갈 거예요. 여러분은 여기서 계속 쪽 팔고 계세요."

거의 대부분의 길드장이 자리에서 일어났다. 그들은 계단을 타고 병동 층까지 우르르 내려갔다.

"우와아아! 가자! 모두 돌격!"

"시끄러워요, 김 길드장님!"

"거, 좀 닥치고 갑시다!"

"아, 아니, 왠지 이래야 할 것 같아서……."

병동 층에 들어선 길드장들이 병실까지 우르르 몰려갔다.

"어르신! 저희가 왔습니다!"

"임 의원장님을 내놓아라, 개자식들!"

"일단은 그 칼부터 내려놓지 못할까?"

차수정은 들고 있던 과도를 내려놓았다.

"그렇다네요, 임 의원장님."

"……뭐 하시는 겁니까, 여러분?"

사과를 베어 물던 임성욱이 멍한 얼굴을 했다. 문틈과 창으로 얼굴을 들이밀던 길드장들은 머쓱해졌다.

"어, 그러니까……."

"의원장님을 구하러……."

"보시다시피 저는 편하게 있습니다."

"그럼 어르신은……."

"중요한 일로 잠시 자리를 비우셨습니다. 그리고 몰려든 길드원들은 제 권한으로 모두 돌려보냈습니다."

"예?"

몇몇이 바깥 창으로 다가갔다. 아래를 내려다보니 과연 섬을 빼곡히 메우던 광점들이 흩어지고 있었다.

"자세한 사정은 할아버지께서 돌아오신 후에 말씀드리지요. 그때까지 기다려 주시겠습니까?"

"……."

길드장들은 멍청히 서로의 얼굴만 쳐다보았다.

탁.

단 한 걸음.

임장규의 발이 뒷걸음질을 쳤다.

사실 뒷걸음질이라기엔 너무나 미세한 움직임이었으나 당사자에겐 결코 그렇지 않았다.

“허허.”

임장규는 웃었다.

그저 섀도복싱에 가까운 논검 비무.

말로 싸우는 단계를 넘어서 정신으로 싸우고는 있으나, 실전이라 보기엔 턱없이 부족한 놀이에 가까웠다. 그런데도 살짝이나마 밀리고 나니 은근히 열이 올랐다.

“한데…….”

임장규가 두 눈을 가늘게 떴다.

“자네, 오롯이 혼자 싸우는 게 아니구먼.”

2

논검을 시작하고 처음, 적시운의 표정에 변화가 생겼다.

“마치 누군가가 훈수라도 두고 있는 것 같으이. 아마 이 논검의 진짜 상대는 그 작자인 것 같군.”

“어떻게 알았습니까?”

“세월이 가져다준 지혜지.”

“……정말입니까?”

"사실 그냥 눈치로 때려 맞혔네. 뭐, 그래도 이 정도면 기가 막힌 촉 아닌가?"

허와 실이 교묘히 섞여 있는 어법.

부산을 지배해 온 노고수답게 사람을 끌어당기는 말솜씨였다.

"그 기묘한 무예는 어디서 익혔나?"

"설명하자면 얘기가 깁니다."

"그런가? 그럼 대답하기 쉬운 질문을 함세. 자네, 본 실력을 숨기고 있지?"

"……."

"중국 계통인 것 같은데, 보아하니 엄청난 잡탕이군. 기운은 자네 말마따나 마도의 그것인데, 전개되는 무술의 형과 식은 그게 아니거든."

적시운은 말없이 고개를 끄덕였다.

임장규의 지적은 정확했다. 논검을 펼침에 있어 천마신공의 초식들을 일절 선보이지 않았던 것이다. 천마의 기억 속에 남아 있는 백도무공의 것들을 이것저것 가져다 펼쳤을 뿐.

상황에 걸맞은 무공들을 써먹었으니 상대하는 입장에선 혼란스러웠을 것이다.

임장규는 생각보다 빠르게 본질을 꿰뚫어 보았지만.

"마치 나를 시험한 것 같단 말씀이지."

“기분 나쁘셨다면 사과드리죠.”

“아니, 됐네. 사과 듣자고 지적한 게 아냐. 다만 내가 받은 느낌이 진짜인지 확인해 보고 싶었을 뿐.”

“…….”

“자네, 그럼 귀신이라도 들린 건가?”

“비슷합니다.”

“허.”

임장규는 헛웃음을 지었다.

“참 재미있는 세상 아닌가? 다른 세상에서 괴물 놈들이 튀어나오고, 인간들은 초능력을 얻어 하늘도 날고, 못하는 게 없는 세상이라니. 하기야 그런 마당에 귀신 들린 은거 고수가 하늘에서 뚝 떨어지는 것쯤은 이상한 일 축에도 못 들겠지.”

“…….”

“가능하다면 자네의 본 실력을 보고 싶네만. 괜찮겠나?”

적시운은 잠시 입을 다문 채 침묵했다. 머릿속은 그렇지 못했지만.

[고놈 참 눈치 하난 기가 막히는군. 본좌의 존재를 간파한 유일한 녀석이 아니던가?]

‘그러게. 말하는 것도 어째 당신이랑 비슷한 느낌이고.’

[본좌가 언제 저리 촐싹댔다는 건가?]

‘거의 항상?’

[자네 요새 거짓말이 퍽 늘었구먼. 눈 하나 깜빡 안 하고 그런 말을 하다니.]

'…….'

[그나저나 이제 어쩔 생각인가?]

'보여달라니 보여줘야지.'

[정말로?]

적시운은 고개를 끄덕였다. 그리고 눈앞의 임장규를 향해 말했다.

"갑니다. 지금까지와는 차원이 다를 테니 철저히 대비하십시오."

"이제부터가 본 게임이라 그건가? 나도 여력을 제법 두고서 싸워왔으니 걱정은 말게."

"그럴 수가 없어서 그럽니다."

주변을 둘러싼 공간의 기질이 순간 달라졌다.

"저부터가 걱정되니까요."

화악!

적시운의 눈빛이 돌변한 순간, 임장규는 자기도 모르게 한 걸음을 물러났다.

"……!"

단순한 살기나 투지의 표출이 아닌, 문자 그대로 사람 자체가 변해버린 느낌.

아까 전에도 한 걸음 물러나긴 했다.

하지만 그건 밀려난 것에 가까웠다. 정신 속의 대결에서 열세에 처한 데 대한 심리적 압박이 육체를 움직인 것이었다.

이번엔 조금 달랐다. 싸우기도 전에 물러났으니까.

그 이유는 하나.

'저것'에 대한 경계심이 극으로 치달았기에.

다시 말해, 저것으로부터 공포를 느꼈기에.

"후우."

나직한 한숨이 적시운의 입에서 흘러나왔다. 그러나 그것은 적시운이 흘린 한숨이 아니었다. 최소한 임장규가 느끼기엔 그랬다.

"망령 신세를 벗어났으나 할 수 있는 이른 시시한 논검뿐이라는 거군."

"귀하는 누구요?"

임장규의 목소리는 경어로 바뀐 뒤였다. 정작 상대방은 들은 기색조차 보이지 않았지만.

적시운은 매끈한 턱을 가볍게 쓰다듬고는 웃었다.

"젊은 몸뚱이가 좋기는 좋구먼. 힘이 철철 넘치는 게 본좌를 옛 추억에 잠기게 하는군."

[헛소리 말고 얼른 끝내기나 해.]

"이 가련한 영혼에게 조금만 더 아량을 베풀어주게나. 어차피 주도권은 자네가 확실히 쥐고 있지 않나?"

[그렇게 말하니 더 불안해지는데.]

"자넨 다 좋은데 그 조심성이 문제야. 해선 안 될 일에까지 경계심을 품는단 말이지."

[됐고, 어서 끝내.]

"흠, 그럼세."

"……."

임장규는 멍한 얼굴로 적시운을 바라봤다. 묻는 말엔 대답도 하지 않고 혼잣말을 늘어놓는다. 예상하고 보더라도 이상하게 보일 수밖에 없는 광경이었다.

"이리 보니 정말 귀신 들린 사람 같군. 어쨌든 이제 제대로 붙어보는 것이오?"

"흠, 그렇다고 봐야겠지."

적시운, 아니, 천마가 대답했다. 특유의 오만한 미소를 만면에 띠고서.

"그리 길지는 않겠지만 말일세."

"……정말 그럴지 어디 한번 확인해 봅시다!"

화악!

예의 그림자가 또다시 임장규의 육체 위로 치솟아 올랐다.

미량의 내공에 정신의 정수를 담아 빚어낸 환영(幻影). 철저히 논검을 펼치기 위해 만들어진 그림자였다.

적시운의 육체 위로도 같은 식의 환영이 생겨났다. 외관상 조금 전과 달라진 게 없는, 그러나 실질적으로는 거의 모든 게 바뀐.

적시운의 육체를 빌려 천마가 손을 내밀어 까닥거렸다.

"오게. 가볍게 놀아줌세."

쿠구구구……!

갑작스레 터져 나온 진동이 카멜리아 타워를 흔들었다. 병동 층에 몰려 있던 길드장들이 기겁하여 허둥지둥했다.

"무, 무슨 일이지?"

"설마 습격이라도……?"

"마수들인가?"

되는대로 뱉고 보는 추측만 난무하는 가운데, 접촉 감응 능력자 한 명이 말을 꺼냈다.

"트레이닝 플로어! 진동의 진원지는 훈련용 층입니다. 그곳 단련실에서 폭발이 발생했습니다."

"뭐라고?"

"하지만 어떤 조짐도 느끼지 못했는데요?"

"이능력이나 화약에 의한 폭발이 아니니까요."

임성욱의 목소리. 낮고 미약하지만 아무도 감히 무시할 수 없는 음성이었다.

자연히 길드장들의 소란이 잦아들었다.

고요가 찾아온 가운데 임성욱이 말을 이었다.

"할아버지께서 그자와 독대를 하시겠다고 했습니다. 아마도 서로의 실력을 확인해 보고 싶으셨겠지요."

"실력……?"

"자세한 설명은 차후에 드리죠. 분명한 건 조금 전에 그 확인이 끝났다는 겁니다."

"그, 그러면……!"

길드장들이 하얗게 질렸다.

임성욱이 빠르게 말을 이었다.

"다치시진 않았을 겁니다. 그런 류의 대결도 아니었고요. 저도 자세히 확인할 정도의 능력은 되지 못합니다만, 아마도……."

"두 사람 다 무사해요."

차수정의 말에 임성욱이 그녀를 돌아봤다.

"감지하신 겁니까?"

"네, 감지라고 할 만큼 거창한 것은 아니지만……."

"그렇군요. 알겠습니다."

임성욱이 다시 길드장들을 응시했다.

"할아버지는 무사하십니다. 그리고 여기서 더 소란스러워져 봐야 좋아하실 분이 아니라는 건 여러분이 더 잘 아실 테죠."

"……."

"그러니 일단은 회의장으로 돌아가 얌전히 기다려 주십시오."

길드장들은 그 말을 따랐다.

그들이 모두 사라진 후, 임성욱이 차수정을 향해 말했다.

"말은 그렇게 했지만, 역시 걱정되는 건 어쩔 수 없군요. 가능하다면 어떻게 되었는지 확인 좀 해주시겠습니까?"

"알겠어요."

그렉과 시선을 교환한 차수정이 병실을 나섰다.

위잉.

자동문이 활짝 열렸다. 비무장 안으로 들어선 차수정은 자기도 모르게 숨을 들이켰다.

그리 높지 않은 비무대 위에 두 사람이 있었다. 한쪽 무릎을 바닥에 꿇은 한 사람과, 그 앞에서 표정을 구긴 채 서 있는 다른 한 사람.

"아, 이런 젠장맞을."

서 있는 자, 적시운이 오만상을 찌푸리며 중얼거렸다. 자신의 것이 분명한, 그러나 동시에 자신이 아닌 듯한 목소리로.

"이거 미안하게 됐군. 하도 오랜만이라 힘 조절이 제대로 되질 않았네."

"……아니, 아니외다."

임장규가 말했다. 공손하기 그지없는 음성이었다.

마치 서로의 입장이 반대로 된 듯한 모습에 차수정은 멍해졌다.

"선…… 배?"

자리에서 일어난 임장규가 공손히 묵례했다.

"견식을 넓힐 기회를 주어 고맙소이다."

"하하하! 그래그래."

적시운이 너털웃음과 함께 대답했다.

"자네도 제법이었어. 이렇게까지 신묘하고 변화무쌍한 무공을 또 보게 될 줄은 본좌도 몰랐군그래."

"허허, 그렇소이까?"

차수정은 자기도 모르게 볼을 꼬집었다. 꿈이 아닐까 싶었지만, 꼬집힌 볼은 눈물 나게 아팠다.

적시운은 미간을 팍 구겼다.

"미친 거 아니라니까 그러네."

"그래도 뇌파 검사 정도는 받아보는 게 낫지 않겠어요?"

"내가 왜? 미친 것도 아닌데."

차수정이 두 손을 허리에 얹었다.

"귀신 들렸다면서요?"

"아냐."

"거짓말."

"거짓말 아니라니까."

"본인 입으로 그렇다고 인정했다면서요."

적시운이 고개를 돌렸다. 임장규가 시선을 피하며 헛기침을 했다.

"험험, 자네가 그리 말하기는 했잖나."

"비슷한 거라고 했잖습니까."

"음, 그랬지."

차수정이 팔짱을 꼈다.

"가벼운 검사만이라도 받아보세요. 혹시 모르는 일이잖아요."

"아니, 왜 자꾸……."

"선배는 아까 자기 모습이 어땠는지 못 봤죠?"

적시운이 움찔했다.

하기야 시선과 감각은 천마와 공유하니 자기 모습을 보지 못하긴 했다.

"내가 어땠는데?"

"술에 마약 타서 마신 사람 같았어요."

"……."

[본좌가 기분이 좋아 좀 지나치긴 했다지만 너무하는군.]

적시운이 침묵하는 가운데 천마가 투덜거렸다.

차수정은 걱정 어린 얼굴로 적시운의 어깨에 손을 얹었다.

"선배를 뭐 어떻게 하겠다는 게 아니잖아요. 그냥 검사만 받는 거예요. 건강검진 같은 거요. 그러니까……."

"알았어."

적시운이 한숨을 쉬었다.

"일단 이쪽 얘기가 끝난 다음에 받을게. 그러면 되지?"

"알겠어요."

차수정도 더 고집을 부리진 않았다.

임성욱의 병실.

적시운과 임장규는 그곳으로 돌아와 있었다.

"이쪽 얘기라는 건 또 뭔가?"

"아시잖습니까. 천무맹에 맞서기 위해 부산시와 동백 연합의 협조가 필요하다는 거."

"그건 더 이상 내 관할이 아니네만."

"좋습니다. 손자분께 물어보면 되지요?"

"좋을 대로 하게나."

적시운은 임성욱을 돌아봤다.

"할아버님께서 그렇다고 하시는군. 네 대답은 어떻지?"

"나는 회의를 주관하는 의장일 뿐, 원하는 대로 길드장들을 이끄는 지도자는 아닙니다."

"하지만 회의 내용을 네가 원하는 대로 끌고 갈 능력쯤은 가지고 있지. 안 그래?"

임성욱이 한숨을 내쉬었다.

"부정하진 않겠습니다."

"그래서, 대답은?"

"조건부로 수락하겠습니다."

적시운의 눈썹이 꿈틀댔다.

"이제 와서 조건 달기엔 좀 늦었다고 생각하지 않아?"

"늦었다고 생각할 때가 가장 빠른 법이지요."

"아니, 그냥 늦은 건데."

"……."

"어쨌든 말은 해봐. 들어는 줄 테니."

"그러죠."

작게 한숨을 쉰 임성욱이 말을 이었다.

"원래는 제가 주도했어야 하는 일인데, 보시다시피 몸뚱이가 이 모양이 되어버려서 말입니다."

"그런다고 죄책감 느낄 일 없는데."

"책임감 정도는 느끼지 않겠습니까? 사람이라면."

"난 안 그래."

"……어쨌든 분명한 건, 이 일이 부산시의 명운과도 직결되는 문제라는 겁니다. 그러니까……."

"'포말(泡沫)의 사신(死神)'이란 놈에 대한 얘기일세."

듣다 못한 임장규가 말을 가로챘다.

3

"포말의 사신?"

적시운은 차수정을 돌아봤다. 그녀도 전혀 모르는 듯한 눈치였다.

임성욱이 다시 말을 꺼냈다.

"할아버지께서 놈을 지칭할 때 사용하시는 표현입니다. 공식 명칭은 아니죠."

"보아하니 마수 같은데."

"예, 연합에서 붙인 공식 명칭은 인피니트 크라켄(Infinite Kraken)입니다."

"아."

차수정이 그제야 탄성을 뱉었다.

"정부 데이터베이스에서 본 적이 있어요. 한국 해군 전력의 절반을 가라앉혔다는 마수 말이죠?"

"그렇습니다."

"대규모 사살 작전을 통해 부산해협에 가라앉혔다고 들었는데, 아닌가요?"

"놈은 죽지 않았네. 죽기 직전까지 몰리기는 했지만."

임장규가 뿌득 이를 갈았다. 임성욱 또한 굳은 표정으로 고개를 끄덕였다.

"할아버지께서 말씀하신 대로입니다. 얼마 전 정찰용 드론 편대가 대마도 부근을 정찰하던 중 어떠한 광경을 포착했습니다."

임성욱이 침대에 부착된 리모컨을 조작했다. 병실 벽에 걸린 모니터 위로 사진 하나가 떠올랐다.

폐기장이나 다름없는 대마도의 해안. 쓰레기와 폐기물이 가득한 공간 위로 일련의 생명체 무리가 바글거리고 있었다.

적시운이 눈매를 좁혔다.

"문어……?"

"새끼 크라켄입니다. 개체 수는 족히 수백. 특이하게도 바닷속이 아닌 육지에 서식 중이더군요."

"저 정도 숫자의 새끼가 바글거린다는 건……."

"어미도 있으리란 뜻이겠지요. 크라켄은 무성생식을 하니

암수는 의미 없겠지만 말입니다."

"인피니트 크라켄 자체는 확인하지 못했고?"

"설마요."

슬라이드가 넘어가듯 화면이 바뀌었다. 바닷물 아래로 시커먼 그림자가 스쳐 지나가는 모습. 형체를 확인할 순 없어도 거대한 무언가라는 것만은 확실해 보였다.

"수면에 투영된 그림자를 통해 계산한 몸 크기는 최소 50m 이상. 자료로 남아 있는 인피니트 크라켄의 프로필과 대략 일치합니다."

"그래서, 이놈을 잡을 생각이라고?"

"예, 새끼들이 자라게 내버려 뒀다간 몇 년 내로 대규모 군단이 되어 돌아올 테니까요."

임성욱이 나직이 한숨을 쉬었다.

"천무맹과 중국 쪽 문제도 중요하긴 하지만 부산시 입장에선 이것이 최우선 선결 과제입니다."

"원래 계획은 뭐였는데?"

"보름 후에 비행선단을 통해 대마도로 이동, 새끼들부터 소탕할 계획이었습니다. 그로써 크라켄을 뭍으로 유인해 함께 해치운다는 게 기본 골자고요."

"놈이 순순히 유인될까?"

"제 새끼가 귀하다면 구하러 오지 않겠습니까?"

"만약 아니라면?"

임성욱의 말문이 순간적으로 막혔다.

"솔직히 말씀드려서, 그 경우는 상정해 두지 않았습니다. 아시다시피 해양 마수는 육지 마수에 비해 상대하기 버거운 편이니까요."

적시운은 황혼의 순례자를 떠올렸다. 만약 전장이 육지가 아닌 바닷속이었다면 승산은 전무했을 것이다.

"좋아. 계획대로 놈을 뭍으로 끌어올린다고 쳐. 그다음은 어쩔 생각이었는데?"

"플랜 A와 B가 있습니다."

"A부터 말해봐."

"예, 동백 연합 최정예 길드인 화랑(花郎)이 근접 전투를 맡습니다. 비행선단과 나머지 길드는 화력 지원을 통해 크라켄이 바다로 달아나지 못하게 막습니다."

"정석적이네요."

차수정이 중얼거렸다. 적시운은 팔짱을 끼고서 고갯짓을 했다.

"플랜 B는 좀 더 그럴싸하긴 바란다."

"……플랜 B는 A가 완전히 틀어졌을 경우를 가정하여 진행됩니다. 사실상 연합 전력이 궤멸당했을 때를 대비한 최후의 한 방이죠."

"그래서 그게 뭔데?"

임성욱은 대답에 앞서 잠시 뜸을 들였다.

"이건 기밀 사항입니다. 사실 길드장들도 이 사실에 대해선 알지 못합니다. 그러니……."

"그냥 말해. 어디 가서 동네방네 떠들 것도 아니니까."

"알겠습니다. 부산시는 500㎏의 융합 이온 폭탄을 보유하고 있습니다. 위력은 TNT를 기준으로 100kt에 달합니다."

"……맙소사."

차수정이 멍하니 중얼거렸다. 적시운의 얼굴에도 희미한 경악이 드러났다.

"TNT 100킬로톤급이면 핵폭탄 수준이란 거잖아."

"예, 사실상 방사능만 제거된 전술핵이라 보시면 됩니다."

임성욱이 굳은 얼굴로 말을 이었다.

"그 폭탄을 탑재한 함재기를 인피니트 크라켄의 입속으로 몰고 들어가 터뜨린다. 그것이 플랜 B입니다."

제대로 꽂아 넣을 수만 있다면 해치우는 건 기정사실.

아무리 강대한 마수라 해도 100kt급 폭발의 위력을 버텨낼 순 없다. 하물며 그게 입속에서 폭발하는 거라면 말할 것도 없는 일.

문제는 그 이후였다.

"결국 다 죽겠다는 뜻이잖아."

"놈을 죽이지 못하면 부산시 전체가 위험해집니다."

"죽이더라도 마찬가지잖아. 그 정도 폭발이 대마도 부근에서 일어나는데 부산이 멀쩡할 것 같아?"

폭발로 인한 대해일이 부산을 덮치는 것 또한 기정사실. 추가적인 지각 변동이 벌어질 수도 있다.

"최악의 경우엔 크라켄은 죽이지도 못한 채 폭탄만 터질 수도 있어. 그건 알고 있는 거냐?"

바다는 마수들의 세계. 수면 아래뿐 아니라 위에도 넘쳐나는 게 마수였다. 때문에 항공기들도 멀쩡한 바다 위를 내버려 둔 채 육지 위로 비행하기 일쑤였다.

함재기를 실은 비행선이 공격받아 추락하기라도 한다면, 그 과정에서 폭탄이 기폭되기라도 한다면?

크라켄은 해치우지도 못한 채 공격대만 전멸당하는 불상사가 생겨날 수도 있다. 후폭풍과 해일로 인해 부산이 초토화되는 것은 덤이고.

"그 멍청한 계획을 세운 건 대체 누구지? 네가 생각한 거냐?"

"그건……."

"아니면 어르신입니까?"

적시운의 시선을 받은 임장규가 침음을 흘렸다.

"자네도 그랬잖은가."

"제가요?"

"아라크네와의 전투 말일세. 당시 전장인 황강댐 부근엔 핵탄두가 묻혀 있을 가능성이 높았지. 그게 터지기라도 했다면 한반도 중부는 쑥대밭이 됐을 게야. 하나 자넨 그걸 알면서도……."

"핵은 일반 폭탄과 다릅니다. 단순히 고온 고압이 가해진다고 터지는 게 아니라고요."

적시운이 짜증 섞인 목소리로 말했다.

"정밀 기폭 장치에 의해 핵분열, 혹은 융합반응이 일어나야 터지는 거지, 단순히 충격이 가해졌다고 터지진 않는단 말입니다. 그래서 굳이 댐 주변을 벗어나지 않은 채 싸울 수 있었던 거고요."

"……."

"하지만 이온 폭탄은 다르잖습니까? 구조를 보자면 화약 폭탄에 가까울 텐데, 그렇다면 핵무기와 달리 외부 충격에도 터질 위험이 크다는 뜻이잖습니까!"

"으, 으음. 그것이……."

뭐라 대답하지 못한 채 말끝을 흐리는 임장규.

적시운은 살기까지 어린 눈으로 임성욱을 노려봤다.

"어르신이야 노인네라 잘 모른다고 쳐도 너는 얘기가 다르지. 분명 그런 걸 전부 감안하고서 작전을 계획한 거겠지?"

"……."

"내가 제때 오지 않았다면 작전대로 사냥에 나섰겠군. 언제 터질지 모르는 폭탄을 품고서."

"……예."

"멍청한 새끼."

신랄한 적시운의 한마디에 임성욱은 입술을 깨물었다.

"그럼 어쩐단 말입니까? 엎어지면 코 닿을 거리에서 크라켄이 보란 듯이 새끼들을 키우고 있는데, 그걸 내버려 뒀다간 이 도시와 나라가 엉망이 될 텐데."

"최선의 수를 생각해 내야지. 그러라고 네 머리에 감투가 씌워진 거잖아."

싸늘하게 대꾸한 적시운이 임장규를 노려봤다.

"아닙니까?"

"자네 말이 맞네."

적시운은 무거운 한숨을 토했다. 짜증이 나는 건 나는 거고, 해결할 일은 해결해야만 했다.

"플랜 A에 대해 더 말해보지. 원래 계획은 네가 그 화랑인지 담배인지를 통솔하는 것이었겠지?"

"……예, 제가 그들을 지휘하여 크라켄과의 전투를 주도하려던 게 원래 계획이었습니다."

임성욱이 시무룩한 얼굴로 대답했다. 그 역할을 적시운에게 맡기려던 게 원래 생각이었다. 이유야 어찌 됐든 적시운으로 인해 중상을 입었으니, 그 점을 걸고넘어져 일을 맡기려 했던 것이다.

한데 정작 현실은 적시운에게 혼나는 모양새가 되었다. 약점을 잡으려다 약점을 잡힌 셈이다.

“그 역할, 내가 한다. 조건부로 수락하지.”

임성욱이 했던 말을 그대로 돌려주는 적시운. 임성욱으로선 입이 열 개라도 할 말이 없었기에 얌전히 고개만 끄덕였다.

“우선 작전은 전부 내가 주도한다. 기본 계획은 그대로 가되 세부 사항은 내가 정할 거다. 거기에 불만 있는 놈들은 네가 알아서 닥치게 만들어.”

“알겠습니다.”

“이온 폭탄은 가져가지 않는다. 병력이 전멸하면 차라리 새로 편성하는 게 낫지, 폭탄 터뜨려 다 뒈지자는 방식은 절대 안 돼.”

임성욱이 고개를 끄덕였다.

“더불어 인피니트 크라켄의 코어는 내가 갖는다. 기타 사냥 중에 획득되는 전리품은 너희가 알아서 해.”

임성욱의 시선이 조부에게로 향했다. 임장규가 꾸짖는 표정으로 엄히 말했다.

“매달려야 하는 쪽은 저 친구가 아니라 우리다. 쓸데없는 욕심은 부리지 말거라.”

"예, 할아버지."

"마지막으로."

적시운이 말했다.

"차후 천무맹 및 중국과의 전투에 있어 전격으로 협력할 것. 이게 내가 내건 조건들이다."

"알겠습니다. 모두 받아들이겠습니다."

"좋아, 그러면……."

적시운은 창밖으로 바다를 응시했다.

"작전 시행일부터 앞당기겠다. 출발은 보름 후가 아닌 사흘 후가 될 거다."

"오늘로부터 사흘 후 말입니까?"

"그래."

이미 늦은 밤이니 실질적으로는 이틀의 여유가 남은 셈.

빠듯한 여유였으나 임성욱은 고개를 끄덕였다. 적시운의 말에 토 달아봐야 이득 될 게 없음을 이미 뼈저리게 느끼고 있는 차였다.

"한데 그 인피니트 크라켄, 구체적인 등급이 어떻게 되지?"

"S랭크, 에픽 레벨입니다."

황혼의 순례자와 같은 수준이자 아라크네보다 한 단계 높은 레벨.

하지만 체감 난이도는 그때보다도 높을 터였다.

준비 기간도 부족한 데다, 아킬레스와 백진율이라는 초인들의 도움을 받지 못하는 상황이었으니까.

'그래도 어쩔 수 없지.'

이제 와서 발 빼기엔 상황이 좋지 않았다. 그냥 내버려 뒀다간 부산뿐 아니라 한반도 전체에도 피해가 올 테고.

"해보는 수밖에."

아침이 되자마자 적시운은 과천 특구에 연락을 넣어 길드원들을 호출했다.

"그럼 바로 출발할게."

대략적인 설명을 들은 헨리에타가 말했다.

화랑 길드원들의 프로필을 넘겨받아 확인하는 일은 차수정의 몫이었다.

"중요 정보만 정리해서 오후까지 넘겨드릴게요."

임성욱은 어젯밤 결정된 사실을 동백 연합에 통보했다. 길드장들은 의외로 순순히 통보 내용을 받아들였다. 다른 무엇보다도 두 눈으로 적시운의 실력을 확인했다는 점이 컸다.

그사이 적시운은 사전 정찰에 나서기로 했다.

"같이 가세나."

임장규가 따라나섰다. 굳이 거절할 이유는 없었기에 적시운은 그러라고 했다.

두 사람의 초인은 부산해협을 가로질러 대마도로 향했다.

제39장
미지와의 조우

1

쏴아아아.

적시운과 임장규는 남동쪽을 향해 날아가는 중이었다. 발 아래, 시커먼 망망대해 위로 하얀 포물선이 겹겹이 이어지고 있었다.

—이번 작전에 참여하는 인원은 백업 팀까지 포함해 천 명 정도라고 해요.

통신기를 통해 차수정의 음성이 들려왔다.

"부산시에 등록된 헌터 숫자가 5만 명이 넘는다면서 너무 적은 것 아냐?"

—머릿수가 아닌 질이 중요한 거니까요. 게다가 나머지 헌터들은 주변 정리에 동원될 예정이래요.

싸움판이 나면 근방의 마수들이 우르르 몰려오게 마련. 문명의 영향력이 닿지 않은 장소라면 말할 것도 없었다.

지난 세기 이후 대마도, 쓰시마섬은 사실상의 무인도가 되어버렸다. 원인은 물론 마수들.

사면이 바다로 둘러싸인 섬으로서는 마수들의 공격을 적절히 방어해 낼 재간이 없었다.

한때의 강대국이던 일본이 22세기 들어 급속도로 몰락한 것도 마찬가지 이유였다.

한반도와 제주도의 경우가 지극히 이례적인 편이었다. 그나마도 북한은 정권 자체가 멸망해 버렸지만.

"병력 5만을 동원해 주변을 정리한다면 확실히 효과는 있겠군. 희생도 만만치 않겠지만."

—보아하니 태천그룹에서 상당량의 자금을 지원한 모양이에요.

"하긴 돈 아니었으면 그만한 헌터들을 끌어들이긴 어려웠겠지. 한데 대마도 내부의 마수들은 어찌 처리할 생각이래?"

—백업 팀이 도맡기로 되어 있어요.

"개네로도 버거우면?"

—그건…….

적시운은 작게 한숨을 쉬고서 임장규를 돌아봤다.

“제가 할 말은 아니지만, 이거 너무 주먹구구식 아닙니까?”

“…….”

“대마도는 결코 작은 섬이 아니잖습니까. 바닷속의 마수들뿐만 아니라 섬 내부의 육지 마수들도 대비해야죠.”

“무인 드론의 정찰 결과 연안에는 마수들이 거의 분포하지 않는 걸로 밝혀졌네만.”

“S랭크 이상의 마수라면 족히 수십 ㎞까지 의사를 전파할 수 있습니다. 섬 반대편에 있는 놈들까지 몰려들기에도 충분한 범위와 힘이죠.”

“으음…….”

적시운은 통신기를 향해 말했다.

“임성욱한테 전해. 육지 마수들을 처리할 병력도 추가로 차출하라고.”

–잠시만요. ……시간이 좀 필요할 것 같다는데요?

“바로 옆이야?”

–예, 지금 의원장 병실이에요.

“그럼 이 목소리도 들리겠네. 무슨 수를 써서라도 내일까지 병력 편성해 둬. 너희 연합 애들 다 죽어 나가는 꼴 보기 싫으면.”

–……알겠습니다.

잔뜩 주눅 든 임성욱의 목소리가 들려왔다.

적시운은 혀를 차고서 통신기를 껐다.

임장규가 쓴웃음을 지었다.

"마치 이런 일이 익숙하기라도 한 것 같군."

"처음은 아니니까요."

"대재앙급 마수 사냥은 아라크네 한 마리만이 아니었던 모양이지?"

"예."

담담한 대답에 임장규는 내심 서늘함을 느꼈다.

"놀랍구먼. 하긴 그쯤 되니 나로서도 감당할 수 없었던 거겠지만."

"……."

"이번 사냥, 승산은 어느 정도라고 보는가?"

"글쎄요."

짤막히 대꾸하는 적시운의 시야 안으로 섬의 전경이 들어왔다.

"그걸 지금부터 확인해 봐야죠."

두 사람은 대마도 연안에 착륙했다. 무인 드론으로 정찰한 바와 같이 대마도의 해안은 고요했다.

보이는 것은 쓰레기와 잡동사니뿐. 해초가 감겨 있는 타이어를 비롯해 육지와 바다에서 흘러든 물건들이 덩그러니 놓여 있었다.

적시운은 해안에 좌초된 배 위로 올라 주변을 돌아봤다. 시야가 탁 트이진 않았지만, 사실 기감으로 살피는 것인지라 별문제는 없었다.

"인피니트 크라켄이 있긴 한 모양이군요."

"그런가?"

"마수들이 싹 자취를 감춘 것은 놈이 죄다 쫓아냈기 때문일 겁니다. 하급 마수들의 정신 제어쯤은 대재앙급 마수에게 있어 어려운 일도 아니니."

"필요할 땐 부를 수 있고, 필요 없을 땐 쫓아낼 수 있다는 건가. 편리한 능력이군."

그렇다면 마수들을 쫓아낸 이유는?

생각할 것도 없었다. 잡놈들이 득실거리면 육아에 방해가 될 게 자명하니까.

"새끼 크라켄 무리가 발견된 위치는 어떻게 됩니까?"

"성욱이가 알고 있을 걸세."

적시운은 나직이 혀를 차고서 문자를 보냈다. 몇 초 기다릴 것도 없이 답장이 돌아왔다.

"여기보다는 조금 남서쪽이군요."

"그럼 꾸물거릴 것 없이 가 보세나."

두 사람은 해안을 타고 이동했다.

을씨년스러운 연안의 풍광이 빠르게 스쳐 지나갔다.

오른쪽으로는 시커먼 바다와 수평선, 왼쪽으로는 폐허가 된 연안과 쓰레기들. 마치 끝장이 난 세상을 보는 것만 같아 마음이 절로 갑갑해지는 광경이었다.

"……?"

시우보로 내달리던 적시운이 돌연 속도를 줄였다. 왜 그러냐고 물으려던 임장규도 뒤늦게 무언가를 감지했다.

"구릉 너머로 뭔가가 있군."

"예."

적시운은 한달음에 5m 높이의 모래 언덕을 넘어섰다. 뒤따라 언덕 위로 오른 임장규의 표정이 팍 구겨졌다.

"이런 빌어먹을."

생명체들이 그곳에 있었다.

그러나 크라켄 새끼들은 아니었다. 해안을 가득 메운 것은 예상을 상당히 벗어난 존재들. 그것도 결코 반갑다고는 할 수 없는 이들이었다.

해안에 정박한 십여 척의 호버크래프트, 총화기로 무장한 백여 명의 군인, 그리고 각 선체의 옆면마다 선명히 박혀 있는 일장기 마크.

그 정도만으로도 정체를 유추하기는 어렵지 않았다.

"일본군?"

"저런 빌어처먹을 놈들!"

임장규의 얼굴이 벌겋게 달아올랐다.

호버크래프트 쪽을 살펴보니 피곤죽이 된 무언가가 가득 실려 있었다.

크라켄 새끼들임이 분명했다.

"이 개 같은 머저리 새끼들!"

그의 외침을 들은 듯 비교적 근거리의 병사 몇몇이 고개를 돌렸다.

철컥! 차르륵!

총신 돌아가는 소리가 요란하게 울렸다.

졸지에 수십 정의 총에 겨냥당했지만 적시운도 임장규도 딱히 긴장하지는 않았다. 도리어 분개했을 뿐.

"네놈들이 모조리 도륙이 나고 싶어 환장을 한 모양이로구나!"

임장규가 당장에라도 지옥도를 펼칠 것처럼 소리쳤다. 적이 아니더라도 소름이 돋을 법한 무시무시한 기염.

덕분에 적시운은 분노할 타이밍을 놓쳐 버렸다.

"한국인입니까?"

병사 중 하나가 다가오며 말했다. 의외로 능숙한 한국어였다.

"그렇다. 그쪽도 한국인인가?"

"한국어를 전공했을 뿐입니다. 일본 해군 소속 가토 유안 대위입니다."

전 세계가 마수들에게 유린당한 이후, 일본은 2차 대전 이후 사라졌던 일본군을 부활시켰다. 원래대로라면 노발대발했어야 할 주변국들이 그러지 않은 것은, 마수로 인한 일본의 피해가 너무나 극심했던 까닭이다.

쉽게 말해, 이제 와서 군대가 부활해 봤자 위협이 되지 않으리라 판단한 셈. 그리고 상황은 그 예상대로 흘러갔다.

신생 일본군은 기존의 자위대에서 이름만 바뀐 수준.

전력은 대(對)마수 전쟁 초창기 10년 만에 본래의 2할 수준으로 떨어져 동남아 국가들에도 치이는 입장에 놓였다.

"자기네 국가를 지키기에도 분주할 인간들이 여기엔 무슨 일이지?"

"아시는지 모르겠지만, 쓰시마 역시 본국의 영토입니다. 그보다, 청컨대 여러분의 신분과 소속을 밝혀주시겠습니까?"

상당히 공손한 어조. 임장규는 여전히 씩씩대고 있었지만 일단은 참겠다는 분위기였다.

"적시운. 보면 알겠지만 한국인이다. 그리고 이분은……."

"임장규. 동백 연합 전대 의원장이다."

가토 대위의 눈에 이채가 스쳤다. 최소한 임장규가 누군지는 잘 아는 듯한 느낌. 어쩌면 적시운에 대해서도 알고 있을

지 몰랐다.

"네놈들, 대체 무슨 짓을 벌인 것이냐."

"이곳 쓰시마해협을 순찰하던 도중 섬 연안에 상륙한 마수들을 발견했습니다."

"새끼 크라켄들 말이지?"

"예, 아직 어린 개체들이지만 성체가 될 경우 위험이 될 거라 판단하여……."

"죽였다는 말이군. 머저리같이 확인도 제대로 하지 않고서!"

임장규가 분통을 터뜨리자 가토 대위의 표정도 미세하게 굳었다.

"무언가 문제라도……?"

적시운은 나직이 한숨을 쉬고서 임장규를 돌아봤다.

"일본 정부 측에는 알리지 않은 겁니까?"

"알릴 필요조차 없으리라 생각했네. 당장 자기네부터가 오늘내일하는 처지에, 대마도는 한참 전에 버리다시피 한 놈들이었으니!"

임장규가 당장에라도 씹어 먹을 듯 가토와 일본군을 노려봤다.

"자기네 목숨이나 건사할 것이지 왜 이곳까지 와서 남의 일에 초를 치냔 말이다! 머저리 같은 새끼들!"

"……."

가토의 표정이 심각하게 굳었다. 단순히 욕을 먹었기 때문이 아니라, 임장규의 어조에서 느껴지는 분개를 느꼈기 때문이다.

"우리가 무언가 잘못이라도 한 겁니까?"

"응, 그것도 크게."

적시운은 한숨을 내쉬었다.

"새끼가 있는 곳엔 어미가 따라오는 법이지. 그 점은 감안하지 않은 건가?"

"그럴 리가요. 성체와의 조우도 충분히 감안하고서 소탕작전에 임했습니다."

"그 성체가 뭔지는 알고?"

"예? 크라켄은 기껏해야 A등급 마수……."

가토의 얼굴에서 핏기가 사라졌다.

"설마, 보통 크라켄이 아닌 겁니까?"

"차라리 그랬으면 좋겠군."

적시운이 투덜거렸다. 임성욱과 부산 측의 준비도 개판이었지만 이쪽은 한 수 위였다.

그래도 아직 일말의 가능성이 있기는 했다. 가토 대위의 말마따나 부산 쪽에서 착각을 한 거라면, 인피니트 크라켄이 아닌 일반 크라켄의 새끼들이었던 거라면…….

뚝. 뚝.

호버크래프트에 걸쳐진 새끼 크라켄의 사체에서 핏물이 떨어졌다. 수면을 때리는 핏방울은 이내 물에 풀린 잉크처럼 퍼져 나갔다.

기껏해야 극미량. 그러나 크라켄에게 있어선 충분히 감지할 만한 수준이었다.

예컨대 상어와 같은 어류의 후각기관은 수십만 분의 1로 희석된 피 냄새까지도 감지할 수 있을 만큼 발달했다.

그리고 인피니트 크라켄은 그 이상의 감각을 지녔다. 하물며 자기 새끼들의 핏물이라면 말할 것도 없는 일.

꿈틀.

대마도로부터 얼마 떨어지지 않은 해저. 깊은 바닷속에서 새끼의 피 냄새를 맡은 마수는 눈을 떴다.

그리고 적시운은 그것을 감지했다.

"……!"

피부를 베고 들어오는 면도날 같은 감각.

강렬한 분노와 살의가 짠 내 나는 수면을 뚫고서 전해져 왔다.

"제기랄."

"왜 그러나?"

적시운은 임장규의 물음에 대꾸하는 대신 통신기를 꺼내 들었다.

"계획을 변경해야겠어. 싸울 수 있는 전력은 당장 짐 싸 들고 이쪽으로 향하라고 해."

—네? 갑자기 그게 무슨 말씀이에요, 선배님?

"놈이 올 거다."

짤막히 대꾸한 적시운이 이내 덧붙였다.

"임성욱한테도 말해. 할아버지 초상 치르기 싫으면 어서 빨리 지원 병력 보내라고."

—서, 설마……?

"최대한 서둘러."

통신을 마친 적시운이 가토 대위를 돌아봤다.

"간략히 설명하지. 너희가 때려잡은 새끼들의 어미는 인피니트 크라켄. S랭크 에픽 레벨 마수다."

가토 대위의 입이 쩍 벌어졌다.

"그, 그렇다는 건……!"

"너희는 조금 전에 자기 머리에 대고 방아쇠를 당겼다는 거지. 그러니까……."

스스스스스.

바다가 요동치기 시작했다. 정박해 있는 호버크래프트들이 위태로이 휘청거렸다.

쿠구구구!

진동하기 시작하는 해안.

적시운은 혀를 차고서 운철검을 뽑아 들었다.
"너흰 이제 뒈진 목숨이야."

2

"타국의 영토 내에서 대규모의 소탕 작전을 펼칠 계획이었으면서, 그쪽 정부에는 일언반구 통보조차 하지 않은 건가요?"
임성욱을 노려보는 차수정의 얼굴엔 살기마저 담겨 있었다.
임성욱은 억울하다는 표정으로 더듬더듬 말을 꺼냈다.
"할 계획이었습니다. 원래대로라면 작전 개시 며칠 전에 통보를 할 예정이었습니다."
"고작 며칠 전에요?"
"보안 유지는 필수니까요. 정보가 중간에 새어 나가면 어떤 변수가 발생할지 알 수가 없잖습니까."
"그 잘난 계획대로였어도 이 상황을 방지하진 못했을 거예요. 안 그런가요?"
임성욱은 입술을 깨문 채 고개를 끄덕였다.
"솔직히 말씀드리자면 상상도 못 했습니다. 설마 일본이 해상 병력을 따로 꾸릴 만큼 회복했다고는……."
차수정은 멈칫했다. 그녀 또한 의아하긴 마찬가지였던 것이다.

마수와의 전쟁이 시작된 이래, 멸망해 버린 북한을 제외한다면 아시아 내 단일 국가로서 가장 많은 타격을 입은 곳은 단연코 일본이었다. 더군다나 몇 년 전에 벌어진 센다이 사태로 인해 일본 열도의 절반이 가라앉은 뒤. 정부가 유지되고 있는 것 자체가 기적이었다.

"그런 자들이 해상 병력을 운용한다고……?"

바다는 마수들의 세상. 중국이나 러시아 같은 군사 강국조차 감히 함대를 운용하기가 버거웠다. 어업은커녕 군사 작전조차 벌일 수 없을 지경인데, 해상 방위군이라니?

"말이 안 되지 않나요?"

"확실히 그렇습니다."

임성욱도 뒤늦게 그 사실을 깨닫고는 표정을 구겼다.

"그럼 그들은 대체 누구일까요?"

"지금으로선 알 수 없어요. 당장 우리가 해야 할 일은 선배와 할아버님을 돕는 것이에요."

"명령은 이미 하달해 두었습니다. 30분 내로 출발 준비가 갖춰질 겁니다."

"30분……."

갑작스레 소집령이 떨어진 것을 감안하면 순식간이라 해도 과언이 아니다.

하지만 그래도 불안한 것이 사실이었다. 대재앙급 마수에게 있어 30분이란 섬 하나를 쑥대밭으로 만들기에 충분한 시간이었기에.

"일단 적시운 님에게 경고해 두는 게 좋지 않겠습니까? 그 자들을 믿지 말라고 말입니다."

"……아무래도 어렵겠어요. 마지막 통신을 나눈 이후로 전파장애가 계속되고 있어요."

"설마 인피니트 크라켄이……?"

"그것까진 모르겠네요. 하지만 괜찮을 거예요."

차수정은 스스로에게 들려주듯 말했다.

"제가 의심할 만한 일이라면, 선배도 분명히 의심할 테니까요."

하늘과 대지, 바다와 공간이 송두리째 흔들리고 있었다.

머나먼 수평선 위로 포말, 즉 물거품이 미친 듯이 치솟아 오르고 있었다. 임장규가 표현한 그대로, 포말의 사신이 나타난 것이다.

"이, 이건 말도 안 돼……!"

가토 대위는 시퍼렇게 질린 얼굴로 연신 중얼거렸다. 임장규는 그런 가토를 향해 고래고래 소리쳤다.

"우매한 놈들! 이런 일이 있을 줄 정녕 몰랐단 말이더냐!"

"우, 우리는 정말 몰랐습니다. 이런 일일 거라는 설명은 조금도 없었단 말입니다."

"뭐라고? 그건 또 무슨 소리냐?"

"간단한 겁니다."

적시운이 말을 받았다.

"저 새끼들, 일본군 아니에요."

"아니라고?"

"일본군 계급 명칭은 우리랑 다릅니다. 대령이 아니라 대좌고, 대위가 아니라 1위라는 식이죠. 한데 저 자식은 자기를 대위라고 소개했죠."

"거짓말을 했단 말이군."

임장규는 거침없이 가토의 멱살을 틀어쥐었다.

"바른 대로 이실직고해라. 머리통 깨지는 꼴을 면하고 싶거든! 네놈들은 대체 뭐냐? 어떤 놈의 사주를 받고 이따위 짓을 벌인 게야!"

"모, 모릅니다. 우린 그저 돈만 받고 하라는 대로 했을 뿐이라고요."

"의뢰주는 누구냐!"

"전혀 몰라요. 얼굴 한번 본 적이 없습니다!"

"그저 돈을 주기에 했을 뿐이라고? 그게 무슨 짓인지 전혀 알지도 못한 채 말이냐!"

"크, 으으윽!"

적시운이 임장규의 어깨에 손을 얹었다.

"그쯤 하십시오. 괜히 이런 것들에게 열 내봤자 시간과 기력만 낭비하는 꼴입니다."

"크흠!"

불편한 기침을 뱉은 임장규가 가토를 내던졌다. 겨우 숨통이 트인 가토가 바닥에 엎드린 채 켁켁거렸다.

"너흴 죽이거나 하진 않을 거다. 그럴 가치도 없는 놈들이니. 그렇다고 살려주지도 않을 거다. 그러니 알아서들 발버둥 쳐라."

"큭!"

침음을 흘린 가토가 호버크래프트 쪽으로 내달렸다. 이미 대다수의 가짜 병사는 호버크래프트 위에 오른 뒤였다.

"정말 내버려 둘 셈인가?"

"예, 제 발로 지옥에 걸어 들어가겠다는데 말릴 이유는 없죠."

부우우웅!

호버크래프트들이 기동하기 시작했다. 몇 정은 사람을 반도 태우지 않은 채 급히 출발했고, 어떤 것엔 너무 많은 인원이 타 자기들끼리 실랑이를 벌이고 있었다.

"태워줘! 살아도 같이 살아야지!"

"개소리 집어치우고 내려! 빌어먹을! 배 위에서 꺼지라고!"

그야말로 아비규환이 따로 없는 모습.

그 와중에 적재해 둔 크라켄 새끼들을 내버리느라 피범벅이 된 이도 상당수였다.

분명한 점은 모든 호버크래프트에 피가 묻었다는 것.

"복수에 눈이 먼 어미가 가만히 있을 리 없죠."

촤라라락!

시커먼 파도를 뚫고서 무언가가 쇄도했다. 덩굴처럼 날아들어 호버크래프트들을 휘감는 그것은 크라켄의 촉수였다.

적시운은 그제야 실감했다. 인피니트(Infinite) 크라켄이라는 명칭이 매우 적절하다는 것을.

호버크래프트 선단을 휘감은 촉수의 숫자는 수십 가닥. 당장 시야에 들어오는 것만도 그 정도니, 전체 개수를 파악하는 건 불가능해 보였다.

한 마리가 아닌 다수의 크라켄이 동시에 덤벼든 것으로 착각될 법한 장면.

하지만 적시운의 기감은 그것이 단 한 마리의 크라켄임을 알려주고 있었다.

"으아아아!"

"제기랄! 끄아아!"

욕설과 비명이 해안을 뒤덮었다. 단 한 정의 호버크래프트도 촉수의 그물망을 빠져나가지 못했다.

"빌어먹을!"

"뭍으로 달아나!"

미처 호버크래프트에 오르지 못했던 이들이 반대편으로 내달렸다. 가토 유안 역시 그중 한 명이었다.

적시운 쪽으로 되돌아온 가토가 숨을 헐떡이며 말했다.

"묻는 것엔 뭐든 답하겠습니다. 협력하라면 최선을 다해 돕겠습니다. 그러니 여기서는 일단 힘을 합치는 게 어떻겠습니까?"

적시운은 대꾸하지 않았다. 그저 입을 다문 채 가만히 노려보자니, 다급해진 가토가 말을 더 쏟아냈다.

"동아시아에서 당신의 이름을 모르는 사람은 없습니다. 단신으로 아라크네를 사냥하셨지요? 그렇다면 저 괴물도 해치울 수 있을 것 아닙니까?"

"그런데?"

"저희가 협력하겠습니다. 힘을 합쳐 저 마수를 해치우는 겁니다!"

적시운의 입가에 냉소가 스쳤다.

"힘을 합치자고? 나더러? 너희하고?"

"추측하신 대로 저희는 일본군이 아닙니다. 저 호버크래프트는 일본군 것이 맞긴 하지만, 저희는 그저 용병들일 뿐입니다."

"그런데 일본군 행세를 했단 말이군."

"의뢰주가 그러길 바랐습니다. 게다가 그자는 당신이 오늘 이곳에 나타나리란 것까지 알고 있었단 말입니다."

임장규가 표정을 구겼다.

"정보가 새어 나간 모양이군."

"처음부터 말이죠."

나직이 중얼거린 적시운이 가토를 노려봤다.

"간단히 말하지. 너흰 도움은커녕 방해만 돼. 그러니 꺼져. 육지로 달아나면 살 확률이 조금은 높아질지도 모르지."

"큭!"

"가라. 크라켄이 온다."

가토가 이를 악물었다. 조금 전까지 애원으로 가득 찼던 눈빛은 사라진 뒤. 원망하는 듯한 눈으로 적시운을 힐끔 보고는 걸음을 옮겼다.

그사이 인피니트 크라켄은 연안의 호버크래프트를 모조리 침몰시켰다. 장착된 공용화기로 맞서는 이들도 있었으나 극미한 타격조차 주지 못한 채 물고기 밥 신세가 되었다.

쿠구구구.

본체는 여전히 육안으로 확인하기 어려웠다. 지속적으로

일어나는 물거품만이 놈이 다가오고 있음을 알려줄 뿐.

쉬리리릭!

몇 가닥의 촉수가 적시운의 옆을 스쳐 지나갔다. 적시운은 운철검을 쥔 손아귀에 힘을 잠깐 주었으나 이내 풀었다.

"으아아악!"

익숙한 비명이 뒤로부터 들려왔다. 곧이어 촉수에 휘감긴 가토가 질질 끌려왔다.

"도, 도와주십시오!"

도살장으로 끌려가는 소가 이러할까.

처량한 얼굴로 애원하는 가토였으나 적시운은 차가운 눈으로 노려볼 따름이었다.

"말했잖아. 너흰 이미 뒈진 목숨이라고."

"제, 제발 자비를!"

"내가 너희를 죽이진 않을 거다. 하지만 구해주지도 않겠어. 호구가 되고 싶진 않거든."

"제기랄! 이런 개…… 끄아아아악! 으아……!"

가토의 비명이 뚝 끊어졌다. 주변을 돌아보니 다른 이들도 비슷한 운명을 맞고 있었다.

"이제부터가 문제로구먼."

임장규가 긴장한 어조로 중얼거렸다.

"바다로 끌려 들어갔다간 답이 없을 듯하군. 모가 됐든 도가 됐든 육지에서 결판을 보는 수밖에 없어 보이네."

"그러려면 일단 놈을 끌어내야 합니다."

아직 크라켄의 본체는 멀리 떨어져 있는 상황. 무턱대고 덤벼선 안 된다는 게 뻔히 보였다.

'결국은 저 촉수가 문제인데…….'

아라크네의 촉수와 비교해도 뒤떨어지는 면이 없는데 그 숫자는 수십 배. 신축성 또한 뛰어난 듯 족히 수백 m 떨어진 거리까지 날아들고 있었다.

게다가 촉수마다 덕지덕지 붙어 있는 흡반, 즉 빨판이 성가셨다. 보아하니 한 번 달라붙으면 어지간해선 떨어지지 않는 듯했다.

쿠구구구……!

인피니트 크라켄의 움직임이 잦아들었다. 대강 인간들을 전멸시켰기 때문일 터. 내버려 뒀다간 바다로 돌아가 버릴지도 몰랐다.

"놈을 유인해야겠습니다. 어르신은 주변에 남아 있는 크라켄 새끼가 있는지 좀 찾아봐 주십시오."

"자네 혼자서 놈을 상대하겠다고?"

"그게 편합니다."

"다시 말해 나조차도 거치적거린다는 뜻이로군."

적시운은 대꾸하지 않았다. 무언의 긍정이나 다름없는 반응에 임장규는 쓴웃음을 지었다.

"다른 놈이 그랬다면 사생결단을 냈을 걸세. 하지만 자네라면 그럴 만한 자격이 있지."

"……."

"인류의 힘을 보여주게. 나도 최선을 다해 자네를 도울 방안을 찾아봄세."

"조심하십시오."

대화를 마친 적시운이 인피니트 크라켄을 향해 신형을 날렸다.

크라켄은 막 촉수를 거두어들이는 중. 자식들의 피 냄새에 반응한 것인 만큼, 피 냄새가 전혀 느껴지지 않는 적시운과 임장규는 철저히 무시하고 있었다.

"그러니 무시할 수 없게끔 만들어줘야겠지."

스스스스!

운철검의 검신 위로 완연한 검은 기운이 맺혔다. 칼날보다도 높이 솟아난 기운은 바로 수라검강. 아라크네의 코어를 흡수함으로써 비로소 펼치게 된 천마검의 상위 단계였다.

적시운은 물러나는 촉수를 향해 검을 휘둘렀다.

서걱!

예전이라면 촉수 자체의 신축성과 윤활성에 의해 칼날이 미끄러졌을 것이다. 그러나 수라검강을 머금은 칼날은 통나

무를 베어내듯 깔끔하게 촉수를 갈라 버렸다.

좌악!

핏물과 체액이 뒤섞인 시커먼 액체가 흩뿌려졌다. 잘려 나간 촉수가 지렁이처럼 꿈틀거렸다.

물러나려던 크라켄의 움직임이 일순 정지했다.

그 한순간, 적시운은 물거품 사이에서 번들거리는 눈동자를 보았다.

인간과 마수의 시선이 허공에서 부딪쳤다.

그오오오오!

기괴한 포효성과 함께 인피니트 크라켄이 연안을 향해 돌진했다.

3

좌르르륵!

그물망처럼 어지러이 얽혀드는 촉수들.

촉수마다 수십 개씩은 달려 있는 빨판들이 흉물스럽게 번들거렸다.

빨판에 붙들린 이들이 어떻게 되었는지는 조금 전에 실컷 보았다. 달아나려다, 혹은 저항하려다 촉수에 휘감겨진 이들은 삽시간에 바람 빠진 풍선처럼 쪼그라들었다. 아마도 생체

엑기스를 빨아 먹혔을 터.

호신강기를 몸에 두르고 있는 적시운이었으나 주의해서 나쁠 것은 없었다.

서걱!

적시운은 촉수들을 가르며 전진했다. 촘촘히 펼쳐진 그물망이 갈가리 찢기며 피와 체액을 흩뿌렸다.

쿠르르르!

크라켄의 본체 근방에서 피어나는 물거품이 한층 맹렬해졌다.

분기탱천이라도 한 모양인지 거품 위로 새하얀 김이 취익거리며 뿜어져 나왔다.

좌르륵!

다시금 적시운을 향해 얽혀드는 촉수들. 거의 세 자릿수에 가까운 촉수가 공간을 점유했다. 사실상 틈새를 찾아 빠져나가는 게 불가능한 수준이었다.

"그럼 뚫고 나가면 그만이지."

퍼엉!

촉수로 이루어진 그물망이 또다시 깨져 나갔다.

적시운은 검병을 통해 느껴지는 감각에 새삼 전율했다. 인피니트 크라켄이 약한 것이 결코 아니었다.

촉수들의 내구도를 보자면 아라크네와 비교해도 결코 뒤

떨어지지 않는 수준.

천마검기만으로는 일격에 확실히 끊을 수 있다고 장담하기 어려웠다.

하나 적시운은 그 상위 호환의 경지, 수라검강을 펼치는 영역에 접어든 뒤. 펼칠 수 있는 공격력 자체가 급상승한 만큼 전투가 한결 수월해진 것은 지극히 당연한 일이었다.

"어쩌면……."

혼자 사냥할 수 있을지도 모른다.

그 생각이 뇌리를 스쳤을 때 적시운은 자기도 모르게 미소를 지었다.

완벽한 우위를 점하고 있는 사냥꾼의 미소였다.

[정말 그렇게 생각한다면 자넨 사냥꾼 실격일세.]

그대로 시우보를 펼쳐서 짓쳐 들어가려던 적시운이 멈칫했다.

쉬리리릭!

멈칫한 틈을 노려 날아드는 촉수를 쳐 낸 적시운이 천마를 향해 물었다.

'그게 무슨 뜻이야?'

[저쪽 대륙 거북이 놈에게도, 지난번의 거미 놈에게도 비장의 수가 하나씩은 있었지. 이 문어 놈이라 해서 다를 거라 생각되진 않네만.]

퍼뜩 정신이 드는 느낌.

적시운은 기감을 통해 크라켄의 움직임을 살폈다. 과연 놈은 천천히 바닷속으로 후퇴하고 있었다. 신나서 그대로 쫓아갔다간 수중전을 벌여야 했을 터.

이는 수라검강과 상단전 각성을 이루어낸 적시운으로서도 꺼려지는 일이었다.

'나를 유인하려 한 건가?'

[인간만큼이나 영리한 놈들이잖나. 본좌보다도 자네가 잘 알 터인데?]

'그건 그렇지.'

전력 차이를 확인하자마자 자신에게 유리한 전장으로 물러난다.

인간이라 하더라도 쉽사리 하기 힘든 선택이었다.

하물며 새끼들의 죽음으로 머리끝까지 분노한 상황이라면 더더욱.

한데 놈은 지체 없이 물러나는 쪽을 택했다. 어지간한 냉정함으로는 고르기 힘든 선택을 한 것이다.

'어떻게든 뭍으로 유인해야 하는데…….'

적시운은 기감을 넓게 펼쳤다. 살아남은 크라켄 새끼가 있을까 싶어 살펴본 것이었으나 감지망에 잡히는 것은 없었다.

뭍으로 유인한다는 선택지는 사실상 사라진 셈. 그렇다면 차선책으로 무엇을 택하느냐가 문제였다.

'내버려 두면 무슨 짓을 벌일지 모른다.'

냉정하기 짝이 없는 놈이기에 더더욱 살려둘 수 없었다. 살려뒀다간 어떤 형태로 인간에게 복수하려 들지 알 수 없었던 것이다.

'역시 쫓아가야겠어.'

[괜찮겠는가?]

'수중전이라 해도 자신은 있고, 이참에 내 힘을 정확히 파악해 보고 싶어.'

[신중히 생각하고 내린 결정이라면 본좌로서도 이견은 없네. 다만 항시 주의하게나.]

'물론 그래야지.'

파앙!

시우보를 밟은 적시운이 아음속으로 크라켄을 추격했다. 내달리는 적시운의 신형 뒤로 거대한 물보라가 용솟음쳤다.

휘리리릭!

기다렸다는 듯 날아드는 촉수들.

적시운은 베고, 찢고, 가르고, 부수며 정면으로 나아갔다.

서걱! 철퍽!

수라검강이 번뜩일 때마다 바닷물이 한층 검고 붉은빛으로 물들었다.

잠시 후 적시운은 물거품이 일어나는 지점에 도달했다. 새하얀 거품 아래의 수면 너머로 시커먼 그림자가 꿈틀거렸다.

"흡!"

왼쪽 손아귀로 치닫는 내공.

적시운은 수면을 향해 천랑섬권을 내려찍었다.

퍼엉!

막대한 위력의 권풍이 터져 나왔다. 홍해가 갈라지듯 주변의 바닷물이 순간적으로 흩어졌다. 바닷물이 사라진 공간 안에서 크라켄의 모습이 극명하게 드러났다.

한순간에 허공에 드러난 탓인지 본체의 움직임 또한 멈추었다.

문어보다는 성게에 가까운 형태.

360도 전방향으로 뻗어 있는 촉수들이 한시도 쉬지 않고 꿈틀대고 있었다.

그 사이에서 번들거리는 눈알들.

적시운이 거품 너머로 본 것은 필시 저들 중 하나일 터였다.

'그대로 내려찍는다!'

적시운은 운철검을 두 손으로 쥐었다. 해치울 기회를 포착했다면 속전속결로 끝낸다. 쓸데없이 시간을 끄느니 최강의 일격으로 깔끔하게 결착을 내는 편이 나았다.

츠츠츠츠!

검신의 배는 됨직한 규모로 수라검강이 뻗어 나왔다. 위기감을 느낀 인피니트 크라켄이 거의 모든 촉수를 발출하여 적시운에게로 돌격시켰다.

수십 가닥의 촉수가 허공을 메우는 가운데, 적시운은 운철검을 내려쳤다.

아니, 내려치려고 했다.

쾅!

예기치 못한 방향에서 날아든 투사체가 적시운을 강타했다. 호신강기마저 뒤흔들 정도의 위력에 적시운의 신형이 그대로 튕겨 나갔다.

콰르르르!

적시운은 비스듬하게 수면과 충돌했다. 그사이 흩어졌던 바닷물이 다시 크라켄을 감쌌다. 본체가 자유로워지자마자 놈은 적시운의 반대 방향으로 거리를 벌렸다.

적시운은 수면에 처박혔던 것보다 빠른 속도로 튀어나왔다.

'대체 누가……?'

찰나의 순간이었지만 확인할 수 있었다. 자신을 강타한 것이 비행체라는 것을.

한데 허공은 텅 비어 있었다. 혹시 몰라 기감을 펼쳐 봤지만 딱히 감지되는 것이 없었다.

'나조차 감지하지 못하는 상대라고? 그게 아니라면…….'

좌악!

바로 밑, 발아래의 수면에서 무언가가 솟구쳤다.

"……!"

뒤늦게 알아챈 적시운이 대처하려 했으나 비행체는 빠르게 적시운을 후려치고 지나갔다.

쾅!

적시운의 신형이 허공으로 솟구쳤다. 호신강기로 버텨내긴 했으나 충격을 모두 상쇄하진 못한 까닭에 입가에서 선혈이 흘렀다.

그 와중에도 시선은 비행체의 뒤를 쫓았다. 의문과 경이를 반반씩 담고서.

"새……?"

시커먼 날개를 활짝 펴고 비상하는 조류형 마수. 성인 팔뚝만 한 깃털마다 물방울이 반짝이고 있었다.

[가마우지가 사냥할 때 잠수도 하고는 한다더니 딱 그 꼴이로군.]

선회하는 마수의 날개 뒤로 충격파가 생겨났다. 초음속으로 비행 중이라는 뜻.

하기야 그쯤 되니 적시운에게도 타격을 가할 수 있었으리라.

[저 성게 닮은 문어 놈이 불러들인 건가?]

"아무래도 그런 것 같아."

적시운이 심각한 얼굴로 중얼거렸다.

허공을 빙 돌아 적시운에게로 쇄도하는 조류형 마수. 그 뒤로 시커먼 새 떼가 몰려들고 있었다. 아마도 같은 종의 마수일 터.

인피니트 크라켄은 이미 수중 깊숙한 곳으로 잠수한 뒤였다.

"소닉 콘도르(Sonic Condor). AA랭크 비행형 마수예요. 음속에 근접한 스피드로 비행이 가능하고 조류 기반 마수치고는 육체의 내구성도 빼어난 편이죠."

반나절 후의 대마도 연안.

뒤늦게 도착한 동백 연합의 병력은 간이 기지 건설을 시작했다.

지시를 내린 사람은 물론 적시운.

길드원과 백업 팀은 비행선단을 착륙시키고 부산에서 공수해 온 물자를 내렸다.

그 한편에는 피투성이가 된 마수의 사체가 즐비하게 쌓여 있었다. 그 대부분은 소닉 콘도르. 하나같이 날개가 꺾이고 피곤죽이 된 상태였다.

"자네도 독하군. 단 한 마리도 살려두지 않고서 전멸시켜 버리다니."

"살려둬 봤자 후환만 되잖습니까."

적시운의 대답에 차수정이 가만히 고개를 끄덕였다.

안 그래도 까다로운 게 비행형 마수인데 아음속 이동까지 가능한 개체라면 너무나 위험했다.

"게다가 이 녀석들 때문에 놈을 놓치기도 했고요."

인피니트 크라켄은 실로 영악했다. 소닉 콘도르 무리를 불러들이자마자 심해로 잠수해 완전히 종적을 감추었다.

적시운과 이대로 붙어선 승리를 장담할 수 없다고 판단한 게 분명했다.

그래서 감쪽같이 사라져 버렸다.

새끼들을 잃은 데 대한 분노와 복수심이 대단할 텐데도, 냉정하게 상황을 판단해 결정을 내린 것이다.

그렇기에 더더욱 살려둬선 안 되는 것이었고.

"죽은 놈들에 대해선 조사해 봤어?"

"아, 네. 그자가 자신을 가토 유안이라고 소개했다고 하셨죠?"

"응."

"부산시 소속 헌터로 등록되어 있어요. 완전한 일본계는 아니고 혼혈인 모양이에요."

"일본군도 아니라는 거군."

"네, 보아하니 사냥보다는 주로 자잘한 의뢰를 도맡았던 것 같아요. 수금이나 협박, 갈취 같은 것들 말이에요."

"별것 아닌 양아치들이었다는 거군."

"네, 다만 호버크래프트를 보유할 정도의 재력은 없었던 걸로 보여요."

"의뢰주가 내준 물건이란 뜻이겠군."

아마도 그 의뢰주는 동백 연합 내부의 내통자일 터. 궁극적으로는 적대 세력의 사주를 받고 있을 것임이 분명했다.

'역시 천무맹인가? 그게 아니면…….'

일단 추측은 그쯤에서 멈춰 두기로 했다. 확신을 갖기 위해선 보다 많은 정보와 물증이 필요했고, 무엇보다 우선순위는 따로 있었던 까닭이다.

"인피니트 크라켄의 위치 파악은 어떻게 진행되고 있지?"

"태천그룹에서 지원해 준 무인 잠수정을 뿌려두었어요. 광범위 소나 시스템을 탑재한 최신형이니, 기대를 걸어볼 만하다고 하더라고요."

"헨리에타랑 애들은?"

"내일 중에 부산에 도착한다고 연락이 왔어요. 도착하는 대로 바로 이곳으로 오게끔 얘기해 두었고요."

적시운은 고개를 끄덕였다.

차수정 옆에서 가만히 기다리던 임장규가 헛기침을 했다.

"살아남은 새끼 크라켄은 찾아내지 못했네. 아무래도 놈들에게 깡그리 도륙당했거나 바다로 달아난 모양이야."

"성체 유인 작전은 사실상 어렵게 됐군요."

"음…… 나나 연합으로선 뭔가 묘책이 떠오르질 않는군. 자네는 어떤가?"

"좀 더 생각할 시간이 필요합니다. 어쨌든 부산 방어는 한층 강화해 두어야 할 겁니다. 놈도 우리의 본진이 그곳이란 것을 알고 있을 테니까요."

"으음, 확실히 그렇겠군."

"이건 그냥 제가 가서 얘기하죠."

적시운은 차수정을 돌아봤다.

"나랑 같이 부산에 좀 다녀오자."

"지금 말인가요?"

"응."

차수정이 임장규의 눈치를 살폈다. 과연 임장규는 수심 어린 얼굴이었다.

"자네가 자리를 비운 동안 포말의 사신이 다시 나타나면 어쩐단 말인가?"

"제 생각이 맞다면 놈은 이곳에 나타나지 않을 겁니다. 나타난다 하더라도 부산에서 여기까지는 몇 분 내로 주파 가능하고요."

"으음."

"너무 걱정은 마십시오. 말씀드렸다시피 오히려 위험한 곳은 부산입니다."

임장규가 고개를 끄덕였다.

"알겠네. 한데 부산에 가서 뭐 하려는 일이라도 있는가?"

"그야 당연히……."

적시운의 눈에 살기가 스쳤다.

"내통자부터 잡아 족쳐야죠."

4

―제기랄! 이런 개…… 끄아아아악! 으아……!

치지지직.

처절한 비명이 뚝 끊어졌다. 그 뒤로 이어지는 것은 거칠기 짝이 없는 노이즈뿐.

내통자는 미간을 찌푸리고서 삽입형 통신기를 귓속에서 뺐다.

아직 정체가 발각되지는 않았을 터. 앞으로도 그럴 일은 없으리라고 내통자는 확신했다.

그래도 조심 또 조심할 필요가 있었다.

콰득.

내통자는 통신기를 꽉 쥐어 부수고는 수차례 손아귀에서

굴려 완전히 가루로 만들었다.

토벌 방해의 혐의를 일본 쪽으로 넘기려던 계획은 실패했다. 하지만 좌절할 것은 없었다. 이번 일은 내통자가 동백 연합 내부에서 벌여온, 그리고 벌여갈 수많은 작업 중의 하나에 불과했기에.

어차피 정체가 발각되지도 않았고 발각될 염려도 없었다. 가토를 비롯한 가짜 일본군 무리는 그야말로 피라미 중의 피라미에 불과했다.

배춧잎 몇 장에 양심도 개념도 팔아먹을 돈벌레들.

생각이란 걸 할 만한 지성을 지니지 못한 놈들이었다.

그들과 접촉할 때는 항상 보안에 신경 썼으며 음성 변조 및 통신 우회 수단을 총동원해 신원을 숨겼다. 비록 놈들이라는 꼬리가 잘렸을지언정 타격이 될 리는 없었다.

내통자는 약간의 아쉬움만을 안은 채 방을 빠져나왔다.

"어딜 그리 급하게 가지?"

익숙하다고는 할 수 없는, 그러나 알고 있는 목소리였다. 더불어 그다지 기분 좋은 상대는 아니었다.

"어딜 가는지 그쪽한테 보고라도 해야 하나?"

"필요하다면."

"내가 보기엔 전혀 필요 없어 보이는데."

"왜 그런 용서받지 못할 짓을 저지른 거지?"

내통자의 가슴이 철렁했다. 그러나 겉으로 드러나는 표정에는 일말의 반응조차 없었다.

"그런 식으로 아무에게나 내통 혐의를 뒤집어씌우는 게 너희 신서울 것들의 방식인가 보지?"

"우리 방식도 아니고, 아무에게나 뒤집어씌우는 것도 아냐."

목소리의 주인, 차수정이 씁쓸한 표정을 지었다.

"문수아."

동백 연합 소속 여성 길드장. 문수아는 한기가 풀풀 흐르는 얼굴로 차수정을 노려봤다.

"대체 무슨 헛소리를 하는 건지 전혀 모르겠는걸?"

"조금 전에 네 입으로 시인했잖아."

"그건 또 무슨 개소리지?"

"난 내통의 '내'자도 꺼내지 않았어. 그저 용서받지 못할 짓을 저질렀다고만 했을 뿐."

문수아는 지그시 입술을 깨물었다.

차수정은 담담한 눈으로 그녀를 응시했다.

"그런데 너는 내가 내통 혐의를 뒤집어씌우려 한다고 말했지."

"……대강 추측했을 뿐이야."

"계속 그렇게 발뺌할 참이야?"

"너희에겐 아무런 물증도 없어. 가지고 있는 거라고는 나에 대한 적의와 되지도 않는 추측뿐이지!"

"내가 왜 당신을 적대하겠어? 당신에 대해 잘 알지도 못하는데."

"하! 그럼 내가 내통자라는 증거라도 있어?"

"물론 있지."

제3의 음성은 문수아의 뒤쪽에서 들려왔다. 고개를 홱 돌리니 적시운이 그녀의 방에서 걸어 나오고 있었다.

"어느새……?"

"가토라고 했던가? 그 어설픈 가짜 일본군 놈들은 내가 오늘 대마도에 상륙하리란 걸 알고 있었어. 그들에게 정보를 흘린 자가 연합 내 요직에 있다는 의미지. 혹은……."

"하!"

문수아가 바늘 같은 냉소를 흘렸다.

"시작부터 초치게 돼서 미안한걸? 나는 일개 길드장일 뿐이야. 연합 내 기밀 사항을 속속들이 알고 있을 만큼 거물이 아니라고."

"말은 끝까지 들어야지. 요직이 아니어도 내부 정보를 빼낼 방법쯤은 무궁무진해. 예컨대 어느 정도의 도청 능력만 있더라도 가능하지."

"증거 있어?"

"이거."

적시운이 무언가를 들어 올렸다. 둥글게 말린 엄지와 검지 사이에서 무언가가 반짝였다.

은빛으로 반짝이는 초정밀 와이어. 문수아의 암기인 은사였다.

"고전적인 도청 방식이지. 아이들이 가지고 노는 실 전화기와 같은 원리지만, 효과는 꽤나 좋거든. 와이어 자체가 워낙 얇아서 들킬 염려도 적고."

"……."

"증거가 더 필요한가?"

"당연하지."

문수아가 짓씹듯이 말했다.

"겨우 은사 한 가닥 찾아낸 정도로 내게 혐의를 씌울 수 있을 거라 생각해? 애초에 그 한 가닥도 내 방에 어질러져 있던 걸 주워 왔을 뿐이잖아?"

"과연. 이미 병실과 연결해 둔 와이어는 수거해서 처리했다는 건가?"

"미안하지만 그런 유도신문엔 넘어가지 않아."

"좋아, 그럼 이건 어때?"

적시운의 입가에도 냉소가 맺혔다.

"옛 안휘성엔 특이한 병기를 다루는 세가가 한 곳 있었지.

안휘성 터줏대감인 남궁세가에 밀려 유명세는 그리 떨치지 못했지만 진짜 고수들은 남궁세가보다도 그 집안을 더욱 두려워하고 경계했다더군."

"대체…… 무슨 소리를……."

"육안문가(六安文家)는 은사 조종술에 있어 당대 최고라 불렸다더군. 그리고 너, 조사해 보니 화교 출신이던데."

"……."

"이 정도면 꽤 재미있는 우연의 일치 아닌가?"

"너…… 대체 누구야? 어떻게 우리 가문 꼰대들이나 알 법한 옛날이야기를 지껄여 대는 거지?"

"그리고 마지막으로."

적시운의 목소리가 착 가라앉았다.

"제법 세심하게 공력을 숨기고 있지만, 압도적인 강자 앞에서는 무의미한 일이지."

"……!"

"은사를 무기로 쓰는 까닭에 그동안 숨겨올 수 있었겠지. 아무래도 무공보다는 서커스에 가까운 느낌이니까. 안 그래?"

팟!

문수아의 오른손이 섬전처럼 허리춤을 스쳤다. 어느새 그녀의 다섯 손가락엔 골무들이 끼워져 있었다.

"닥치고 죽엇!"

쉬리리릭!

고강도 극미세 와이어가 사위를 찢어발기며 적시운을 휘감았다. 벽과 창문, 장식품과 가구 등등 와이어에 닿는 모든 것이 깔끔하게 잘려 나갔다.

"하지만 내겐 통하지 않아."

적시운이 손을 뻗어 은사를 움켜쥐었다.

"죽기도 싫고."

"멍청한!"

문수아의 입가에 잔인한 미소가 떠올랐다. 그대로 있는 힘껏 끌어당기기만 해도 놈의 손 가죽은 걸레처럼 너덜너덜해질 터였다.

한데 당겨지질 않았다.

"큭……?"

이번엔 반대로 적시운이 은사를 끌어당겼다. 문수아의 몸은 종잇장처럼 간단히 끌려갔다.

"큭!"

그녀는 급히 붙들린 은사들을 중간에서 끊었다. 간단한 조작을 거치니 골무에서 새로운 은사가 뽑어져 나왔다.

"하아아앗!"

단전으로부터 기운이 치솟아 올랐다. 내공을 머금은 은사가 은은한 빛을 발하기 시작했다.

섬광의 곡선들이 적시운을 향해 폭풍처럼 몰아쳤다.

서걱! 팟! 휘리릭!

은색 빛이 번뜩일 때마다 무언가가 잘려 나갔다.

단단한 대리석 조각상도, 알루미늄제 쓰레기통도, 관상용 화병이나 콘크리트 기둥들도.

하지만 단 한 명의 인간을 어쩌지는 못했다.

"으아아아!"

문수아는 한층 기세를 올려 은사를 휘둘렀다. 어느새 왼손에도 골무가 들려, 그녀는 무려 10가닥의 와이어를 마구 휘두르고 있었다.

"죽어! 죽어! 죽어!"

"이 정도면 자백으로 봐도 되겠지?"

파앙!

벽을 박찬 적시운이 그대로 쇄도했다. 문수아가 반사적으로 와이어들을 집중시켰다. 다음 순간 적시운의 몸뚱이는 수십 갈래로 쪼개져서 피를 흩뿌릴 것임이 분명했다.

'그래야만 하는데……!'

퍼엉!

적시운이 허공에 떨친 권격이 묵직한 풍압을 만들어냈다. 기세 좋게 쇄도하던 은사들이 순간적으로 힘을 잃고 나풀거렸다.

문수아가 재빨리 실을 당겨 팽팽하게 만들려 했으나, 이미 적시운은 그녀의 지척까지 다가선 직후였다.

콰직!

단 한 방의 주먹이 복부에 꽂혔다.

그 한 방은 문수아의 배 속을 진탕으로 만들어버리고 갈빗대를 셋이나 부러뜨렸다.

"커…… 흐!"

검붉은 핏덩이를 토한 문수아의 몸이 그대로 허물어졌다.

난장판이 된 복도를 돌아본 차수정이 나직이 한숨을 뱉었다.

"선배님은 처음부터 알고 계셨던 건가요?"

"아니, 나도 얘기를 듣기 전엔 몰랐어."

"얘기를 듣다니요? ……아, 그 귀신 말이군요."

"응, 이래 봬도 천 년쯤 묵은 중국산 마귀라서."

[자네 지금 말 다 했나?]

적시운은 피식 웃고서 문수아의 골무와 은사를 모조리 압수했다.

"임성욱한테 상황 설명하고 방 안 좀 살펴봐. 뭔가 쓸 만한 게 나올지도 모르니."

"알겠어요. 그럼 선배님은……?"

"난 그동안 이 녀석을 심문할 생각이야."

"그 여자가 과연 입을 열려고 할까요?"

"싫어도 하게 될걸?"

문수아를 한쪽 어깨에 걸친 적시운이 빈방으로 향했다.

깊고 어두운 바닷속.

포말의 사신, 인피니트 크라켄은 바닥에 밀착한 채 신중히 움직이고 있었다.

상처는 아물어 출혈도 멎은 뒤. 그러나 밉살스러운 인간에게 잘려 나간 촉수들은 새로 돋아나지 않고 있었다.

평소와는 완연히 다른 경우.

인피니트 크라켄이 미칠 듯한 복수심 속에서도 퇴각을 택한 것은 그 때문이기도 했다.

대부분의 인간은 마수들의 밥이다. 문자 그대로 먹히기도 할뿐더러 제아무리 저항을 한다고 해도 대부분은 미약하기 짝이 없었다.

하지만 이따금 그러한 천적 관계를 완전히 뒤집은 괴물들이 나타나고는 했다. 인피니트 크라켄의 촉수들을 잘라낸 인간 또한 그런 부류임이 분명했다.

맞상대하기엔 승산이 부족하다. 하지만 복수는 하고 싶다.

인피니트 크라켄은 깊은 생각에 잠겼다. 대체 어떻게 해야 그 무시무시한 인간 놈에게 최대한의 타격을 줄 수 있을지 고민했다.

그리고 하나의 답을 도출해 냈다. 보편적으로 이러한 상황에서 가장 유효하게 먹힐 대안을 말이다.

쇄아아.

어둠 속 심해의 물살을 가르며 포말의 사신은 부산을 향해 나아가기 시작했다.

"으음……."

미약한 신음과 함께 문수아는 깨어났다. 이어서 자신이 침대에 누워 있다는 것, 그리고 손가락 하나 까딱할 수 없다는 것을 깨달았다.

"혈도를 짚어뒀지. 혓바닥 말고는 네 마음대로 놀릴 수 있는 생체 기관이 없을 거다."

도저히 잊을 수 없는 목소리!

문수아는 필사적으로 눈을 굴려 적시운을 찾아냈다. 그녀의 시선을 느낀 적시운이 픽 웃었다.

"그러고 보니 눈알도 있었네. 어디 한번 열심히 굴려봐."

"이런다고 내가 너희 한국 놈들에게 협력이라도 할 것

같아?"

"너도 절반은 한국인이잖아."

"난 천무맹을 따른다."

"그딴 걸 따른다는 게 퍽이나 자랑스러운 모양이군."

"크……!"

"뭐, 따르려거든 네 마음대로 해. 내가 왈가왈부할 문제는 아니니. 난 그저 묻는 질문에 대답이나 잘 해주면 족해."

"말했을 텐데? 네게는 결코 협력하지 않겠다고."

"하게 될 거야."

적시운의 손아귀 위로 시커먼 기운이 응집되었다. 심상찮은 느낌을 받은 문수아의 얼굴이 파리해졌다.

"그건 대체……?"

"고독(蠱毒). 뭔지는 너도 대강 알고 있겠지?"

"그걸 내게 심으려고?"

"그래. 자백고(自白蠱)라고 해서, 너 같은 녀석들한텐 직방인 모양이더라고."

"더러운 사술을 쓰려 하다니!"

"다 먹고살자고 하는 짓인데 더럽고 깨끗하고가 어디 있다고."

적시운의 얼굴에서 웃음기가 사라졌다.

"그러니 지금부터 다 털어놓아 줘야겠어. 네가 알고 있는 모든 것을 말이야."

5

임성욱의 얼굴에 충격이 두드러졌다.

"문수아 길드장이 천무맹의 첩자였단 말입니까?"

"그래, 조금 전에 모두 자백받고 오는 길이다."

"그런 말도 안 되는……! 천무맹의 첩자는 모두 색출해 두었습니다."

"색출이라 해봤자 내공을 느껴 찾아낸 게 전부잖아. 백 퍼센트 확실하다고는 할 수 없는 방법이지."

"하지만……."

"의기소침할 것 없어. 그 여자의 무공이 너보다 빼어난 건 아니니까. 그저 익힌 무공이 공력을 감추기에 최적화되어 있을 뿐이야."

임성욱은 우울한 표정을 지었다.

"문수아 길드장은 암기의 달인이었지요. 특히나 와이어를 다루는 기술은 신기에 가까웠습니다."

"그런데도 무공의 가능성을 생각하지 않은 건가?"

"어릴 적에 서커스단에서 자랐다고 했습니다."

"서커스단에서 실뜨기도 가르치나?"

"문수아 길드장의 손재주가 정말 빼어나서 모두가 철석같이 믿었습니다. 게다가 공력도 전혀 느껴지지 않아서……."

"아, 그래. 변명 듣자고 얘기 꺼낸 건 아니니까 그쯤 해둬."

"예."

임성욱은 우울한 얼굴을 들어 올렸다.

"한데 문수아 길드장은 지금 어디에 있습니까?"

"왜, 보고 싶어?"

"제대로 처단되었는지 확인해야 안심할 수 있지 않겠습니까?"

피식 웃은 적시운이 통신기를 들었다.

"문수아, 이리로 올라와."

–누, 누가 갈 줄 알고!

"이미 걷기 시작했잖아. 잔말 말고 와."

–크윽!

임성욱은 얼떨떨한 얼굴로 적시운과 통신기를 번갈아 보았다.

"포박해 둔 게 아닙니까?"

"해뒀어. 물리적으로 하지 않았을 뿐이지."

"예?"

의아함을 느끼는 것도 잠시. 병실 문을 열고 문수아가 들어섰다.

아무런 구속 장치도 없는 것에 임성욱이 움찔 놀랐다.

적시운은 시큰둥하게 말했다.

"들어왔으면 문 닫아야지."

"……큭!"

치를 떠는 것도 잠시, 문수아의 손이 문손잡이로 향했다.

"환자도 있으니까 조용히 닫아."

"누, 누가 네 명령대로 할 줄 알고?"

문수아는 공손히 문을 닫았다. 희미한 마찰음도 들리지 않게끔.

임성욱의 눈이 휘둥그레졌다.

"세뇌라도 한 겁니까?"

"비슷해. 세뇌와 달리 이지를 완전히 상실하진 않았지만."

문을 닫은 문수아가 표독스러운 눈으로 적시운을 노려봤다. 살기등등한 그녀의 반응에 적시운은 픽 웃었다.

"눈깔아."

"……."

문수아가 몸을 부르르 떨더니 눈을 내리깔았다.

"자기소개 시작."

"문수아. 29세. 동백 연합 소속 길드 '발키리'의 길드장."

"그거 말고 진짜 소개."

"……천무맹 휘하 타격대 주 작전 소속 상급 무사."

말을 내뱉고 난 문수아의 얼굴이 당혹감과 분노로 새빨개졌다.

"제…… 기랄! 이런 모욕을 줄 거라면 차라리 죽여라!"

"네가 시키면 내가 해야 하냐? 멍청한 년."

차갑게 쏘아붙이는 적시운.

임성욱은 여전히 충격을 떨쳐 내지 못한 얼굴이었다.

"정말입니까, 문수아 길드장?"

문수아는 차갑게 웃었다.

"흥! 왜, 신뢰했던 부하가 적의 끄나풀이라는 게 꽤나 충격적인 모양이지?"

"충격이 아주 없었다고는 못 하겠습니다만, 그보다는 묻는 말에 또박또박 대답하는 모습이 더 충격적이네요."

"젠장! 모든 게 다 저…… 잘생긴 인간 때문이야!"

임성욱이 멍하니 적시운을 돌아봤다. 안 그래도 새빨간 문수아의 얼굴은 이제 터지기 직전이었다.

[으하하하! 이거 걸작이군그래!]

가만히 구경하던 천마가 폭소를 터뜨렸다. 적시운도 웃음을 참지 못하고 실소를 흘렸다.

[어떤가. 본좌 말이 맞지? 자백고보다는 이게 직방이라고 했잖나.]

문수아에게 심어놓은 것은 군림고(君臨蠱). 자백고의 상위호환형 고독이라 할 수 있었다.

숙주의 무의식을 완전히 지배할 정도의 암시나 명령을 내리게끔 만드는 것이 군림고의 효능.

지금의 문수아는 적시운의 말에 완전 복종할 수밖에 없었다. 묻는 말엔 꼬박꼬박 대답해야 하며 시키는 일에도 몸이 저절로 따른다. 강력한 암시로 인해 몇 가지 행동을 할 수 없기도 했는데, 혀를 깨문다거나 적시운을 욕한다거나 하는 행위들이 그것이었다.

그 와중에도 자아가 멀쩡히 깨어 있다 보니 당하는 문수아로선 죽을 맛이었다.

[그렇다고 자결로써 달아나는 짓거리도 할 수 없지. 저 계집애는 완벽한 무간지옥에 갇힌 셈이야.]

천마가 스산하게 웃었다.

[남은 것은 자네에게 완전히 복종하거나 망가지는 것, 둘 중의 하나뿐이지.]

'너무 좋아하는 것 아냐?'

[지배와 군림이야말로 천마의 본질 아니겠는가? 현대의 천마여.]

'얼씨구.'

실소를 머금은 적시운이 문수아에게 말했다.

"일단 커피나 두 잔 타와. 얘기를 나누려니 목이 텁텁하네."

"누가 네 명령 따윌 따를 줄 알고?"

문수아는 표독스럽게 소리치면서도 커피포트와 봉지를 들

고서 물을 받았다.

"젠장!"

"입으로는 바락바락 대들면서도 시키는 건 꼬박꼬박 따르는군요."

"그게 묘미지."

물을 끓이기 시작한 문수아가 어깨를 들썩이며 흐느꼈다.

"차라리 죽이란 말이야……."

"싫다니까 그러네."

심드렁하게 대꾸하는 적시운.

임성욱은 질렸다는 표정으로 그를 바라봤다.

"당신과는 결코 적이 되어선 안 될 것 같군요."

"뭐, 내 앞길만 가로막지 않는다면 별문제는 없을 거야."

"이제부터는 어떻게 할 계획입니까?"

"우선은 크라켄부터 때려잡아야지. 물러났다고 내버려 두기엔 너무 위험한 놈이니."

때마침 통신기가 울렸다.

–연합 쪽에서 연락이 왔어요.

"놈을 찾았대?"

–아뇨, 해저 마수들의 공격으로 탐사정이 전부 대파되었대요.

임성욱의 표정이 어두워졌다.

반면 적시운은 담담한 얼굴이었다.

"박살이 난 위치는 확인했고?"

ㅡ네? 아, 네. 대파당하기 전까진 실시간으로 위치 정보를 전송하고 있었다니까요.

"그거면 충분해. 일단 병실로 와."

통신을 마친 적시운이 돌아보지도 않고서 말했다.

"커피 한 잔 더."

"……크윽!"

잠시 후 차수정이 병실에 들어섰다.

문수아를 본 그녀가 흠칫했다.

"그냥 풀어놓아도 괜찮아요?"

"응."

한 치의 흔들림도 없는 대답.

차수정은 더 토를 달지 않기로 했다.

"탐사정들이 박살 났다는 위치가 어디야?"

"한일 해저터널 근처예요. 터널 자체에선 별다른 소식이 없는 걸로 봐선 지나가는 마수들에게 당했을 가능성이 높아요."

"아닐걸."

"예? 그렇다면 설마……."

"그 터널 근처, 마수들을 쫓아내는 화학약품을 주기적으로 살포하고 있는 걸로 알고 있는데. 그런데도 마수들이 나타나서 탐사정을 부쉈다는 게 우연은 아닐걸."

"인피니트 크라켄이 해저터널을 노리고 있다는 말씀이세요?"

"그럴지도. 혹은 그 근방에 용무가 있는지도 모르지."

고개를 푹 숙인 문수아가 세 사람에게 커피를 가져왔다. 접시를 쥔 손이 부르르 떨리고 있었다. 이쯤 되니 차수정과 임성욱으로선 그녀가 불쌍해 보일 지경이었다.

정작 적시운은 가차 없었지만.

"그러다 커피 흘릴라."

떨림이 멎었다. 문수아는 고함이라도 지를 것처럼 숨을 들이켰으나 이내 체념했다.

적시운은 커피를 대강 홀짝이고서 내려놓았다.

"커피 타는 법 좀 익혀야겠다, 너."

"……."

"그럼 가지. 의원장은 몸조리 잘 하셔."

"그곳으로 가실 생각입니까?"

"놈이 뭔가를 벌이기 전에 선수를 치는 게 나아. 당하고 난 다음엔 늦어."

"하지만……."

"여기서 당한다는 건 내가 아냐. 부산이지."

"놈이 부산을 노릴 거란 말씀입니까?"

"제 자식새끼들이 대마도에서 몰살당했고 그곳에서 가장 가까운 인간 문명은 여기에 있지. 놈이 어떻게 생각할지는 뻔한 것 아냐?"

"……."

"너희도 같이 간다. 따라오도록 해."

적시운의 말에 차수정이 움찔했다.

"이 여자도 함께 말인가요?"

"응, 없는 것보다는 쓸 만할 거야."

"하지만…… 만약 중요한 순간에 배신이라도 하면……."

적시운은 문수아를 돌아봤다.

"너, 나 배신할 거냐?"

"그야 당연히…… 절대로 안 하지!"

자기 말에 놀란 문수아가 두 손을 오그리며 치를 떨었다. 차수정은 안쓰럽다는 얼굴로 그녀를 바라봤다.

"대체 어떤 암시를 건 거예요?"

"자해하지 말 것, 내 말에 절대복종할 것, 나한테 함부로 입 놀리지 말 것."

"와, 지독해."

"철저한 거야."

깔끔히 대꾸한 적시운이 문밖으로 나섰다.

한일 해저터널.

개념 자체는 일제강점기인 1930년대부터 존재하였으며 실제로 완공되기까지는 장장 100여 년의 시간이 걸린 지하 터널이었다.

본래는 부산에서부터 시작되는 제1터널과 거제도에서 시작되는 제2터널이 존재했으나 거제도가 마수들에 의해 초토화되는 과정에서 터널 또한 파괴됐다.

따라서 현재 남아 있는 터널은 부산에서 대마도를 경유, 일본 서부로 이어지는 제1해저터널뿐이었다.

해상과 상공이 마수들의 차지가 된 지금, 사실상 일본과 유라시아 대륙을 이어주는 유일한 통로나 다름없었다.

그런 만큼 방어 및 방비도 철저했다. 자체 방어용 무인 병기들은 기본, 마수를 물러나게 하는 화학약품을 아낌없이 쏟아부어 터널을 사수했다.

그로 인해 바다까지 오염되기는 했으나 어쩔 수 없는 일. 환경오염을 걱정할 만큼 현 인류는 여유롭지 않았다.

그러한 한일 지하 터널 근처. 화학약품으로 인해 에메랄드빛으로 물든 해저에서 인피니트 크라켄은 눈알을 번뜩였다.

쿠구구구.

정신 지배를 당한 하급 마수들이 뒤를 따르고 있었다.

대한해협 인근의 마수를 모조리 끌어모은 뒤.

종과 등급을 불문한 수만 마리의 마수가 크라켄의 뒤를 따랐다.

해저터널 자체엔 목적이 있지 않았다. 터널 공사로 인해 생겨난 부산물에 목적이 있을 뿐.

대규모의 해저 지반 굴착으로 인해 대한해협 내의 지하 암반은 불안정한 상태였다. 그곳을 건드리면 지진을 발생시키는 것도 가능할 터.

인피니트 크라켄이 화학약품의 방어선을 뚫고서 지하 터널로 향하는 이유는 바로 그것이었다.

어떻게 그러한 지식을 자신이 가지고 있는지는 크라켄 자신도 알지 못했다. 그저 머릿속에서 속삭이는 목소리가 가르쳐 주었을 뿐.

모든 인간을 말살하라. 그럼으로써 네 자식들의 원수를 갚아라.

끊임없이 속삭이는 목소리.

크라켄의 눈빛이 핏빛으로 물들었다. 갈가리 찢긴 새끼들이 흘리던 피와 체액, 바로 그 빛깔이었다.

쿠르르르……!

셀 수 없이 많은 촉수로 물살을 가르며 크라켄이 나아갔다. 그 뒤를 따라 수만 마리의 마수가 바다를 질주했다.

세 사람은 해운대 백사장에 서 있었다.

대마도에 주둔 중인 병력에도 명령을 전달해 둔 뒤. 지체 없이 무기만 챙겨서 해당 지점으로 이동하라고 해두었다.

"어서 출발하자."

"네."

적시운과 차수정, 그리고 문수아는 너울거리는 수면 위를 내달리기 시작했다.

제40장
건곤일척(乾坤一擲)

1

“난장맞을. 이건 뭐 똥개 훈련시키는 것도 아니고.”

길드 ‘무대포’의 길드장인 김계진이 투덜거렸다.

대마도섬, 북서부의 해안.

막 동백 연합의 임시 기지가 건설된 차였다.

한데 그 작업이 끝나기 무섭게 적시운 측에서 명령이 하달됐다.

병기만 챙겨서 후딱 달려올 것.

길드장들로선 조금 허탈한 일이었으나 어쩔 수 없었다.

"별수 있어요? 까라니 까야지."

"흥, 우리 소피 길드장께선 벌써부터 그 치에게 푹 빠진 모양이시구만."

"뭔 헛소리예요? 임 의원장과 어르신이 총대를 넘겼으니 믿고 따르는 거지. 김 길드장님은 그저 피곤해서 투덜대는 거잖아요."

매섭게 쏘아붙이는 소피. 얼떨떨하게 서 있던 김계진이 급히 화제를 돌렸다.

"근데 문수아 길드장은 왜 공격대에 포함 안 된 게요?"

"컨디션 난조로 본인이 빼달라고 요청했어요."

"갑자기 컨디션이 안 좋을 게 뭐가 있다고?"

"그런 게 있어요, 여자한텐."

"거, 무슨……."

김계진이 말끝을 흐렸다. 뒤늦게 말뜻을 이해한 그가 뒷머리를 긁적였다.

"거, 여자들은 불편하겠구만."

"김 길드장님 상대하는 것만 할까요?"

"내가 미운털이 박히긴 단단히 박혔나 보군."

"평소 행실을 잘하셨으면 그런 일은 없었겠죠."

기이이잉.

병력을 태운 비행선들이 하나둘 엔진을 점화시켰다.

"부디 전투 중엔 팀킬 하는 일 없게 하세요."

"허, 거 참 말씀이 심하시군."

"흥."

개인 물품이 담긴 백팩을 둘러멘 소피가 걸음을 옮겼다. 김계진은 픽 쓴웃음을 짓고는 이동 중인 공격대원들을 돌아봤다.

"이 중에 과연 몇이나 살아 돌아갈 수 있을는지……."

그때 누군가 김계진의 어깨에 손을 얹었다. 무심코 돌아본 김계진이 뜨끔한 표정을 지었다.

"어, 어르신."

"최대한 많은 이를 살리게끔 노력하세나. 이들은 물론이요, 부산 시민들의 생존이 달린 문제이니."

"무, 물론입니다. 최선을 다하겠습니다."

연신 고개를 조아린 김계진이 비행선으로 달려갔다. 임장규는 만감이 교차하는 표정으로 떠오르는 전투 선단을 응시했다.

쏴아아아.

검푸른 수면 위로 하얗게 갈래 치는 물결. 적시운 일행은 경공을 펼쳐 그 위를 날아가고 있었다.

"저희 때문에 늦어지는 것 아니에요, 선배?"

차수정이 근심 어린 얼굴로 말했다. 안 그래도 적시운이 나머지 둘의 속도에 맞춰주는 형국이었던 것이다.

"그렇긴 한데 문제는 없어. 어차피 저쪽 병력 도착할 때까지 기다릴 생각이고."

"그때까지 해저터널이 버틸 수 있을까요?"

"놈들의 목적은 해저터널이 아냐."

"그럼…… 뭔데?"

문수아의 목소리엔 힘이 없었다. 단순히 군림고의 영향 때문만은 아니었다. 적시운이 앞서 언급한 3개의 암시만 어기지 않는다면 그녀에게 아무런 영향도 주지 않았으니까.

문제는 그녀가 입은 부상.

적시운의 일격에 갈빗대가 부서져 나갈 정도의 부상을 당했고, 그 후 얼마 쉬지 못한 채 끌려 나온 차였다. 낯빛이 파리해지는 것도 어느 정도는 당연했다.

이동 속도 또한 그녀에게 맞춰져 있는 상태. 설하유운공을 전수받은 지 얼마 되지 않은 차수정보다도 문수아의 속도가 현저히 뒤떨어져 있었다.

적시운이 문수아에게 다가갔다. 문수아의 얼굴이 미약한

반항기가 떠올랐다.

"기쁘시겠어, 주인 나리. 백번 괴롭혀도 모자를 적이 괴로워하고 있으니."

"그 표현 괜찮네. 좀 옛날 냄새가 풀풀 풍기지만."

"흥!"

"근데 네가 내게 있어 적씩이나 될 수 있으려나?"

"큭!"

분노로 이를 가는 문수아였으나 적시운이 허리춤에 손을 대자 당황했다.

"뭐, 뭘 하려는 거야?"

당혹감과 공포심이 어려 있는 얼굴. 손바닥이 닿은 곳은 채 아물지 않은 갈빗대가 있는 위치였다. 적시운이 살짝 힘만 주어도 온몸이 바스러지는 충격이 그녀를 강타할 터였다.

"이런 거."

적시운이 손바닥에 내공을 불어넣었다.

하지 말라고 문수아가 비명을 지르려는 순간.

우우우웅.

따스한 기운이 적시운의 손으로부터 그녀의 몸 안으로 흘러들었다. 상처가 아물고 기력이 충전되는 생경한 기분 속에서 문수아는 흠칫 몸을 떨었다.

"어, 어째서?"

"네 얼굴이 어떤지 모르지? 핏기가 싹 가신 게 그냥 내버려 두면 당장에라도 바닷물로 추락할 모양새거든."

"그러게 내버려 두면 되잖아? 어차피 나는 당신에게 있어서 적에 불과한데."

"그럴 수야 없지. 너는 이용할 구석이 많으니까."

적시운이 딱 잘라 말했다.

"천무맹 본부에 역으로 침투시켜 이중간첩으로 사용할 수도 있을 테고, 우리나라에 뿌리내린 다른 첩자들을 색출하는 데 써먹을 수도 있을 텐데. 무엇 하러 여기서 아깝게 죽여?"

복잡한 표정이 문수아의 얼굴 위로 흘렀다.

"여, 역시 그런 거였군? 친절을 베풀려던 게 아니라 날 이용해 먹으려는 생각 때문에 날 치료한 거였어."

"응, 그게 뭐 이상한 일인가?"

"……."

"천무맹이 날 이용해 먹은 것처럼, 나도 천무맹의 잔당들을 최대한 이용하고 써먹을 생각이다. 너는 아마 그 첫 번째 케이스일 테고."

"큭……!"

"안타깝게도 거부할 길은 없어 보이는군. 그러니 그냥 체념하고 따르는 길이 최선이라고 말해두지."

"당신의 목적은 천무맹의 멸망이야?"

"그래."

"대체 왜?"

문수아의 얼굴이 격렬한 감정으로 동요했다.

"천무맹이 있었기에 동아시아의 평화가 유지될 수 있었어. 한국 정부를 배후에서 지배한 것은, 한국인 입장에서야 기분 나쁠 수 있는 일이지만 그들에게 해가 되진 않았다고."

가만히 듣고 있던 차수정이 기막히다는 표정을 지었다.

"지금 그걸 말이라고 하는 거야?"

문수아가 홱 고개를 돌려 차수정을 쏘아봤다.

"힘없는 정의는 무능이야. 지금의 한국 정부에 딱 들어맞는 표현 아냐?"

"정의 없는 힘은 폭압이야."

"무능보단 폭압이 낫지. 그리고 천무맹은……!"

"무능하지."

적시운이 말했다. 중간에 말이 끊긴 문수아가 욱하는 표정을 했지만 뭐라 쏘아붙이진 못했다.

"내가 그렇게 만들 거다."

"당신 혼자 천무맹에 대적할 수 있을 거라 생각해?"

"딱히 혼자는 아닌데. 지금도 그렇지 않나?"

"……."

"그리고 혼자라 해도 상관없어."

적시운이 몸을 돌렸다.

"속도 좀 올린다. 몸도 나아졌으니 별문제는 없겠지?"

"……그래."

가만히 눈을 내리까는 문수아. 군림고의 공능 때문에라도 그녀는 적시운에게 반항할 수 없었다.

"가자."

세 사람이 다시 수면을 차고 날았다.

해저터널의 특성상 수비 병력이 상시 주둔하기는 어렵다. 때문에 방어에는 대부분 전투형 무인 드론과 잠수정이 이용되었다.

다만 기술력의 한계로 인해 인간이 직접 조종하는 병기에는 미치지 못하는 수준. 때문에 상시 방사되는 수용성 화학 약품이 방어 체계의 핵심이었다.

그 요체는 과거 2차 대전과 냉전, 중동전쟁을 거치며 발달해 온 맹독성 약품들. 마수에게 위험한 것 이상으로 인간에게 위험한 생화학 무기였다.

"그런 바닷속에서 싸워야 한다는 말이로군."

동백 연합의 공격대 모선, 무궁화의 중추. 모니터를 응시하는 임장규의 표정은 착잡했다.

"이런 상황을 피하기 위해서라도 놈을 대마도 연안에서 해치웠어야 했거늘."

예기치 못한 방해 공작으로 인해 처참히 실패하고 말았다.

더군다나 내부자에 의해 정보가 빠져나갔기에 충격은 배가되었다.

다만 아직 내통자에 대해선 길드장들에게 말하지 않았다. 자칫 그로 인해 연합의 결속이 깨질 것이 우려되었기 때문이다.

"오늘 전투에서 패배한다면 결속도 무엇도 없겠지만……."

전장의 상황이 너무 좋지 않았다. 사실상 전투 가능한 병력은 기간틱 아머뿐.

변형술사들을 통해 바닷속에 쫙 깔린 화학약품을 중화할 수는 있겠지만, 완벽한 해결책은 되지 않았다. 사실 물속이라는 것 자체부터가 큰 난점이었다.

물의 저항으로 인해 이쪽의 움직임이 크게 제약받는 데 반해, 해저 마수들은 오히려 버프(buff)를 받는 셈이니.

그나마 다행인 점은 해역의 깊이가 근방의 평균치보다 얕다는 점. 대략 100m 정도로, 비행선단에서 백업이 그나마 용이했다.

쿠르르르.

비행선단 아래로 비치는 바다는 미칠 듯이 요동치고 있었다. 자연적으로 일어나는 현상이 아닌, 마수들의 대이동으로 인한 진동이었다.

수만 마리의 마수가 저 아래에 득실대고 있다. 대한해협의 지반을 타격, 궁극적으로 부산을 덮칠 쓰나미를 만들어내기 위해.

―전투 준비는 완료됐습니까?

적시운의 목소리.

초조함으로 터질 것 같던 임장규의 마음이 비로소 안도되었다.

"준비에는 문제가 없네. 명령만 내린다면 지금 당장에라도 병력을 강하시킬 수 있네."

―지금은 곤란하죠. 수만 마리의 식인 생선이 아가리를 벌리고 기다리는데.

"하면 뭔가 뾰족한 수라도 있나?"

―액체질소, 얼마나 보유하고 있습니까?

"액체질소 말인가?"

문자 그대로 액화된 질소. 끓는 점이 영하 196도인 냉각용 기체로 산업 및 군사용으로 다양하게 이용되고 있었다.

"물론 우리도 보유하고는 있네만…… 저 마수들을 송두리째 얼리기엔 턱없이 부족한 양이네. 수심 100m의 바다를 얼리는 건 언감생심 꿈도 못 꿀 일이고."

–있기는 있다는 거군요. 투하를 준비하십시오. 냉각 능력 보유자들도요.

"무얼 하려는 것인가?"

–곧 알게 될 겁니다.

무궁화의 관측 카메라에 불이 들어왔다. 화면 위로 세 사람의 모습이 포착되었다. 적시운과 차수정, 문수아였다.

문수아를 왜 데려온 것인가 하는 의문이 스치는 것도 잠시, 임장규는 퍼뜩 정신을 차리고서 명령을 내렸다.

"각 함장들과 길드장들에게 전하게. 액체질소와 냉각술사들을 준비해 두라고!"

인간들이 왔다.

인피니트 크라켄의 육감이 경고 신호를 보내왔다. 크라켄은 곧장 하급 마수들에게 명령을 하달했다.

–겁도 없이 뛰어드는 놈들을 모조리 도륙하고 짓이겨라!

쿠르르르!

대마수의 정신에 감응한 마수들이 미쳐 날뛰기 시작했다. 거친 탁류가 오염된 바다를 한층 어지럽혔다. 지나친 살기로 인해 자기들끼리 잡아먹고 먹히는 놈들까지 속출할 지경. 그렇더라도 수만 마리의 개체에 비추면 희미한 소실조차 되지 못했다.

인간들의 상대를 잡졸들에게 맡긴 인피니트 크라켄은 수심 밑바닥, 지반에 착 달라붙었다.

쉬리리릭!

셀 수 없을 정도의 촉수들이 해저 암반에 콱 틀어박혔다.

이윽고 암반을 붕괴시키기 위한 작업이 시작되었다.

몇 시간 지나지 않아 거대한 지진이 발생하리라. 그로 인한 해일은 인간들의 문명을 향해 거침없이 나아가리라.

그 뒤로 남는 것은 죽음과 폐허뿐이리라.

"어떻게 할 생각이에요, 선배?"

몇 m 떨어지지 않은 수면 아래, 먹잇감이 들어오길 기다리며 미쳐 날뛰고 있었다.

적시운은 대꾸하지 않았다. 워낙 마수의 개체가 많은 탓에 집중할 필요가 있었다.

그리 오랜 시간이 소요되지는 않았다.

"여기다."

적시운은 수면 위에 정지했다.

갈치를 닮은 하급 마수 한 마리가 수면을 박차고 뛰어올랐다가 이내 수십 조각으로 토막이 났다.

자기도 모르게 은사술을 펼친 문수아의 얼굴이 빨개졌다.

“수고했어.”

“큭!”

피식 웃은 적시운이 발아래를 내려다봤다.

시커먼 수면.

그 안에서 꿈틀대는 마수들.

그리고 그 너머.

적시운은 주먹을 꽉 쥐었다.

“어디, 모세 흉내 좀 내보자고.”

2

쿠구구구!

갑작스러운 난기류가 동백 연합 비행선단을 덮쳤다.

각 비행선의 선체가 풍랑 속 돛단배처럼 요동쳤다.

“무, 무슨!”

“설마 마수들이……?”

선원들이 당황 속에 중얼거렸다. 비행 마수들이 기습했거나 회오리를 만들어 공격해 온 게 아닌가 싶었던 것이다.

"그게 아닐세."

임장규는 다른 의미로 충격을 받고 있었다. 사실상 이 자리에 있는 모든 이를 통틀어 유일하게 진실을 간파했던 까닭이다.

이능력자는 내공을 통해 발현되는 기운을 감지할 수 없다. 방사능 검출기로 자기력을 측정하지 못하는 것과 같은 이치다. 기운의 성질이 본질적으로 다르기 때문이다.

그렇기에 임장규는 적시운의 의도를 거의 유일하게 이해했으며 다른 이들과 비할 수가 없을 정도의 충격을 받았다.

"단 한 명의……!"

약간은 시건방지고 안하무인인 사내. 하지만 그에 걸맞은 힘과 재능을 겸비했다는 것은 알고 있었다.

70 평생을 무학에 바쳐 온 자신을 능가한다는 것도, 조금은 씁쓸하지만 인정할 수 있었다.

하지만 그마저도 임장규의 오만이었다. 자신이 파악했다고 생각했던 것마저 적시운의 전부가 아니었다.

"어찌 단 한 명의 인간이!"

격이 다르다.

아니, 저것은 차라리 파격.

그가 알고 있던 인식의 한계를 한참 초월한 그 무언가였다.

쿠구구구!

하늘이 울부짖고 파랑(波浪)이 날뛰었다. 요동치는 비행선단과 광란하는 마수들의 한가운데에서, 한 명의 인간은 주먹을 움켜쥐었다.

천마신공의 십성 공력.

태산을 뒤엎는 힘이 다섯 치 주먹에 집약되었다.

'그다음은?'

주먹을 내뻗는다.

오직 그뿐.

딱히 비장의 절초라고 할 만한 것은 아니었다. 그저 적시운이 바라는 상황을 만들기 위해선 무지막지한 힘이 필요했고, 그 필요성에 의해 공력을 집중시킨 것에 불과했으니.

그리하여 집약된 십성의 공력.

황혼의 순례자와 아라크네, 두 대재앙급 마수의 코어를 연료 삼아 태어난 막대한 힘이 적시운의 손아귀에서 꿈틀대고 있었다.

뿌득. 뿌드드득!

근섬유와 관절이 비명을 질렀다.

초인적으로 단련된 적시운의 육체로도 버티기 버거울 정도의 힘. 조금만 자제력을 잃어도 손아귀의 힘이 폭주하여 적시운의 오른팔을 갈가리 찢어발길 것이었다.

자기 파멸로 이어질 수도 있는 힘을 가까스로 유지한 채,

적시운은 차수정을 향해 말했다.

“대비해. 기회는 아마도 한 번뿐이니.”

“네? 하지만 선배, 제게는 아무런 설명도…….”

“보면 바로 알 수 있을 거야. 바보가 아닌 이상은.”

“하지만……!”

더 얘기를 나눌 여유가 없었다. 이제는 임계점에 다다른 상태. 시간을 더 끌었다간 죽도 밥도 되지 못했다.

[손아귀의 용을 풀어놓게.]

귓가에 울리는 천마의 목소리.

적시운은 수면을 향하여 주먹을 뻗었다.

팟!

빛의 기둥이 바다와 하늘을 이었다.

낙뢰처럼 내리꽂히는 천마신공의 기운.

구속에서 풀려난 용권(龍拳)은 회오리치고 마구 날뛰며 바다를 찢어발겼다.

쾨아아아악!

거대한 공동이 생겨났다.

100m 깊이의 바다를 송두리째 관통하는 공간.

주먹 끝과 해저 끝을 잇는 무수(無水)의 세계였다.

직경 50m, 깊이 100m에 이르는 거대한 공간이 한순간에 소멸했다. 그 해저 공간을 채우고 있던 마수들은 권격이 작렬한 순간 증발하거나 분해되었다.

단 하나.

공간의 끄트머리인 맨 밑바닥에 존재하는 한 마리의 마수만이 무사할 수 있었다.

"아……!"

차수정과 문수아는 멍하니 입을 벌렸다.

바다를 꿰뚫어 공간을 열어젖히는 권격이라니. 그녀들로선 차마 상상도 하지 못한 일이 눈앞에서 펼쳐진 것이었다.

"지금!"

적시운이 돌연 소리쳤다.

그 순간 차수정은 깨달았다. 그가 왜 액체질소에 대해 물었는지를, 그리고 자신이 해야 할 일이 무엇인지를.

"알겠어요!"

A랭크 냉기술사는 자신의 힘을 전력으로 발휘했다.

휘이이이!

뻥 뚫린 공동을 향해 극저온의 회오리가 몰아쳤다. 수직낙하한 냉한의 폭풍이 주위의 바닷물을 급속 냉각시켰다.

쩌적. 쩌저저적!

뚫린 공간의 주변부가 얼어붙었다. 해당 공간과 주변을 차단하는 얼음의 벽이 생겨났다. 바닷물도 화학약품도 침범하지 못하는 전장이 생겨난 것이다.

맨 밑바닥에 달라붙어 있던 마수, 인피니트 크라켄 역시 상황이 어찌 돌아가는지를 파악했다.

다급히 얼음벽 너머의 마수들에게 신호를 보냈다. 공간 바깥에 있던 마수들이 얼음벽을 향해 달려들었다.

쾅! 콰광!

육탄 돌격을 한 마수들이 얼음벽을 두들겼다. 얼음벽 곳곳에 금이 가며 바닷물이 새어 들어왔다.

임장규는 이를 그냥 두고 보지 않았다.

"살포 개시!"

촤아아악!

각 비행선에 적재되어 있던 냉각제용 액체질소가 투하되기 시작했다. 몇몇 비행선은 탄환 형태의 질소 탱크를 바닷물 깊숙이 발사했다.

쩌저저적!

액체질소가 급속 냉각되며 삽시간에 바닷물을 얼렸다. 깨어질 듯 위태롭던 얼음벽이 한층 단단해졌다.

"들어갈게요, 선배!"

차수정이 공간 안쪽으로 뛰어들었다. 투하되는 액체질소만으로는 안쪽 깊숙한 곳까지 얼리기는 어려웠던 까닭이다.

수십 m를 단숨에 파고 내려간 그녀가 재차 힘을 방출했다. 이번에는 이능력뿐만 아니라 설하유운공의 내가기공까지 곁들인 형태였다.

좌아아악!

혹한의 폭풍이 수심 100m의 공간 속에서 몰아쳤다. 깊은 수심이되 공기로 채워져 있는 그곳을 둘러싼 얼음벽이 한층 두꺼워졌다.

휘리리릭!

당황한 크라켄이 촉수들을 내뻗었다. 얼음 폭풍을 쏟아내는 가증스러운 인간 계집을 죽이기 위함이었으나, 촉수들은 목표물에 닿기도 전에 잘려 나갔다.

운철검을 쥔 적시운이 차수정의 곁으로 내려섰다.

"다른 데엔 신경 쓰지 말고 얼음벽 유지에만 집중해."

차수정은 부드럽게 웃었다.

"시운 선배가 지켜주시는 거예요?"

"그래."

지금 이 순간, 인피니트 크라켄은 자신을 호위하던 수만 마리의 마수와 완전히 단절되었다.

"강하! 저 문어 새끼에게 인간의 힘을 보여주는 거다!"

"서둘러! 얼음벽도 길게 버티지는 못할 거다!"

액체질소 살포를 끝마친 비행선으로부터 공격대가 강하했다. 동백 연합의 최정예 길드, 화랑이었다.

더불어 적시운이 미리 요구한 대로 냉기술사들 또한 강하했다.

낙하산도 없이 빠르게 강하한 그들이 적시운과 합류했다.

"지시를 내려주십시오, 공대장님."

"말씀에 따르겠습니다."

무한한 신뢰가 담긴 눈빛들.

조금 전 적시운이 무엇을 했는지 두 눈으로 똑똑히 목도한 이들이었다.

임장규처럼 그 전말을 완전히 이해하진 못했으나 적시운이 무언가를 했다는 것만은 확실하게 체감했다.

그렇기에 확신할 수 있었다. 자신들과 부산시의 운명을 이 남자에게 걸어도 되겠다는 것을.

"뭐, 특별히 명령할 만한 건 없어. 너희도 이런저런 수라장을 거쳐 지금의 자리까지 왔을 테니."

적시운은 운철검을 휘휘 돌리며 말했다.

"정공법으로 가지. 차수정과 얼음쟁이들은 여기서 얼음벽을 유지한다. 탱커와 힐러들이 그들을 지킨다. 나머지 딜러들은 대왕 문어의 촉수를 잘라낸다."

"그럼 본체 공략은……."

"내가 한다. 제일 강한 근접 딜러 두 명만 따라붙어."

이온 블레이드를 쥔 검사 두 명이 적시운의 양옆에 섰다.

적시운은 마지막으로 문수아를 돌아봤다.

"너도 따라와."

"나도?"

"그래, 내가 집중할 수 있도록 엄호해."

무언가 말하려던 문수아가 입을 다물고 적시운의 곁으로 다가섰다.

"너희 셋이 나를 지키는 거다."

적시운은 말을 마치자마자 바닥을 박차 크라켄에게 쇄도했다. 반사적으로 세 사람 또한 뒤를 따랐다.

키에에에에!

기괴한 괴성과 함께 날아드는 촉수들.

적시운은 날아드는 촉수를 보면서도 기운을 집중시키는 데에만 전념했다.

바다를 꿰뚫느라 상당량의 공력을 소모한 뒤. 그렇기에 남은 기운을 아껴가며 최대한 효율적으로 싸울 필요가 있었다.

[결정타를 먹일 기회는 한두 번 정도일 걸세. 필살의 한 방으로 놈을 끝장내는 것이 가장 깔끔하겠지.]

주변 풍광과 함께 스쳐 가는 천마의 음성. 적시운 또한 그걸 알고 있기에 자잘한 곳에 힘을 소모하지 않았다.

"타앗!"

"핫!"

두 검사가 촉수들을 향해 검격을 떨쳤다.

광검의 궤적이 그려질 때마다 촉수들이 튕겨져 나갔다. 다만 충분한 위력은 아닌지라 끊어내지는 못했다.

"그러니 네가 해야지."

"칫!"

문수아가 혀를 차면서도 은사를 펼쳤다.

차르르륵!

안휘성 육안문가를 대표하는 천잠은사술(天蠶銀絲術)의 현묘한 기예가 펼쳐졌다. 내공이 한껏 실린 은사의 궤적 속에서 마침내 크라켄의 촉수가 끊어져 나갔다.

"대단하십니다, 문수아 길드장님!"

"이 정도 실력이실 줄은 몰랐습니다."

남의 속도 모르고 신이 나서 소리치는 검사들. 문수아는 새빨개진 얼굴로 소리쳤다.

"시, 시끄러워!"

촤악!

또 하나의 촉수가 뚝 끊어져 나갔다. 검사들이 끊어진 단면에 이온 블레이드를 처박았다. 촉수들이 고통 속에 발광하며 지렁이처럼 꿈틀거렸다.

쾅!

기어코 얼음벽의 일부가 깨어져 나갔다. 콸콸 쏟아지는 바닷물과 함께 몇 마리의 마수가 공간 안에 침투했다.

"다시 얼려!"

"마수들은 우리가 상대할 테니 얼음벽에만 집중하십쇼!"

탱커들이 둘로 나뉘었다.

절반은 크라켄의 촉수를, 나머지 절반은 침투한 마수들과 맞붙었다.

비행선단 역시 가만히 있지는 않았다. 얼음벽을 녹일 수도 있기에 화약 병기를 사용할 순 없었지만, 대신 고압 전류를 발산하는 특수 폭탄을 바닷속으로 투하했다.

파지지직!

해저에서 작렬하는 뇌전.

얼음벽 바깥에서 연신 섬전이 번뜩였다.

"비행형 마수들! 새들이 몰려옵니다!"

"요격해! 놈들이 허튼짓을 벌이지 못하도록 막아!"

비행형 기간틱 아머들이 출격했다. 요격용 포대에서도 연신 불꽃이 터져 나왔다.

하늘과 해저, 양쪽에서 격렬한 전투가 벌어지는 와중.

적시운은 세 사람의 호위 속에서 인피니트 크라켄의 지척까지 접근했다.

놈은 여전히 상당수의 촉수를 지반에 꽂아 넣고 있었다. 해저 암반에 균열을 만들어 대지진을 일으키려는 수작. 부하 마수들과 단절되고 철저히 고립된 지금에 이르러서도 그 작업만큼은 멈추지 않고 있었다.

가히 처절하다고도 할 수 있는 모습.

인간에 대한 놈의 복수심이 얼마나 지독한지를 알 것 같았다.

"하지만 그것도 이제 끝이다."

우우우웅!

운철검의 검신을 타고 흑색 검강이 치솟았다. 검강은 칼날뿐만 아니라 적시운의 오른팔과 상체 일부분까지 집어삼켰다.

수심 100m의 암흑 공간 속에서 한층 어둡게 타오르는 불꽃.

'이걸로 끝낸다.'

더 이상 시간을 끌 필요는 없었다. 최강의 절초로서 단번에 끝장을 볼 따름.

적시운의 기감은 단번에 크라켄의 핵심을 찾아냈다. 체내의 관절과 근골이 돌진을 위한 최적의 자세를 취했다.

그것으로 끝.

적시운은 크라켄의 몸통을 향해 검을 찔러 넣었다.

북미 제국의 수도, 라자루시안.

사자가 각인된 옥좌에 앉아 있던 청년이 돌연 눈을 빛냈다.

"또 하나가…… 나타났는가?"

3

–어제 오후를 기점으로 발령되었던 풍랑 경보가 오늘 오전 해제되었습니다. 부산 기상청은 아직 주의 단계가 지나간 것은 아니니 해안가에의 접근에 유의할 것을…….

임성욱은 TV를 끄고서 베개에 머리를 파묻었다.

"끝났군요."

"음."

"죄송합니다, 할아버지."

"뭐가 말이냐?"

"철저히 준비하지 않고 서두른 바람에 일을 그르칠 뻔했잖아요."

임장규는 엄격한 표정을 지었다. 하지만 의기소침한 손주에게 훈계를 내리진 않았다. 철저히 준비했더라도 실패했을 가능성이 높았기에.

내통자인 문수아의 존재는 임장규조차도 미처 알지 못했다. 그녀와는 일면식이 아예 없는 것도 아니었음에도.

적시운이 나타나지 않았더라도 그녀는 가토 패거리를 이용해 일을 망쳤을 것이다. 계획대로 상황이 흘렀다면 인피니트 크라켄은 성공적으로 해저 암반을 붕괴시켰을 터.

부산은 물바다가 되었으리라.

때마침 적시운이 부산에 방문했고, 일사천리로 일을 진행한 게 천운이었을 뿐.

"우린 그 친구에게 빚을 졌다. 부산시 백만 시민의 목숨을 그 친구가 구했어."

임성욱은 고개를 끄덕였다.

"그 보답을 해야겠지요."

"단순히 보답이라고만은 할 수 없다. 천무맹이 우리에게 마수를 뻗친 이상, 살기 위해서라도 가만히 있을 수만은 없으니."

"설마 문수아 길드장이 놈들의 첩자일 줄은 몰랐습니다."

"나도 그렇다만……."

임장규의 얼굴에 불편한 기색이 스쳤다.

"그걸 알아낸 것도 적시운 그 친구이니, 본인의 뜻에 맡기는 수밖에."

"괜찮을까요? 지금 그녀는 완전히 영웅 취급을 받고 있잖습니까. 그건 올바른 일이 아니라고 생각합니다."

"올바르고 바르지 않고는 중요하지 않다. 중요한 건 그 친구의 생각이지. 무엇보다도……."

임장규는 어깨를 으쓱였다.

"지금 가장 죽을 맛인 건 문수아 본인일 게다."

“어서 와, 우리 수아!”

“저리 치워.”

문수아는 입술을 내밀며 달려드는 소피 로난을 밀쳤다. 거의 얼굴을 뭉개는 수준의 손길이었음에도 소피는 히죽 웃었다.

“오늘따라 더 까칠하네? 하긴 여기저기서 많이 시달렸으니 짜증 날 법도 해. 미안.”

“…….”

“뭐라도 먹을래? 길드장들이 이 선물 저 선물 많이도 가져왔거든.”

“그보다, 왜 여기에 네가 있는 거야?”

“네 원래 방은 박살이 났다며? 그래서 이 방으로 배정됐다며.”

“그러니까 내게 배정된 방에 왜 네가 있냐고.”

“왜긴. 넌 바쁠 테니까 대신 정리라도 해주려 했지.”

호의에서 비롯된 행동인지라 더 짜증을 내기도 애매했다.

문수아는 한숨을 쉬고서 소파에 몸을 던졌다.

“근데 어떻게 알아낸 거야?”

“뭘?”

“천무맹의 스파이도 네가 잡아냈다며.”

문수아는 두 귀에다 은사를 콱 꽂아버리고만 싶었다. 저놈의 목소리 좀 그만 듣게.

'나쁜 자식!'

적시운은 꽤나 특이한 형태로 그녀에게 처벌을 내렸다. 요컨대 그녀를 동백 연합의 영웅으로 만들어버린 것이다.

적시운에 의해 살포된 거짓은 다음과 같았다.

연합 내에 천무맹의 스파이가 있었으며 문수아가 이를 우연히 발견, 전투를 벌였다. 그녀의 방과 복도는 그 과정에서 파괴되었으며, 적시운이 전투에 가담하여 스파이를 생포했다.

이어서 문수아는 크라켄 전투에서도 적시운을 지원하여 큰 공을 세웠다. 그렇다 보니 길드장들이 그녀를 영웅 취급하는 것도 이상한 일은 아니었다.

무엇보다 전자라면 모를까, 후자는 본인들도 두 눈으로 똑똑히 확인했던 것이다.

손수 크라켄을 끝장낸 것은 물론 적시운이지만, 그는 동백 연합 입장에선 어디까지나 외부인이었다. 더군다나 첫 만남이 결코 좋지만은 않았기에 마음 놓고 환호하기가 애매했다.

반면 문수아는 그렇지 않았다. 동백 연합 소속 길드장인데다 알고 지낸 기간도 길었고, 동료들의 신뢰도 상당했다.

그렇다 보니 적시운에게 향해야 할 감사와 환대까지 모조리 그녀에게 쏠리는 실정이었다.

덕분에 당사자는 죽을 맛이었고.

"꽤 괜찮은 사람인 것 같아, 그 적시운이란 한국인."

좀 쉬고 싶은데 친구란 년은 옆에서 속을 박박 긁는다.

"저기, 있잖아."

"그 남자, 좀 어때?"

문수아는 표정을 팍 구겼다.

"왜 그걸 나한테 물어?"

"왜긴. 우리 중에선 가장 가까이에 오래 있었잖아. 게다가 서로 신뢰하는 사이이기도 하고."

"신뢰라니?"

"그 남자가 호위를 맡겼을 정도면 충분히 신뢰하는 사이라는 것 아니겠어?"

"……."

"그래서 말이야. 그 남자 좀 어떤지 얘기나 해봐."

아, 그래. 대답해 주지. 그 나쁜 놈에 대해 송두리째 까발려 주겠어. 네가 친구라고 여기는 년이 어떤 년인지도 말이야.

마음속으로 중얼거린 문수아가 표독스러운 표정으로 말했다.

"꽤 괜찮은 남자야."

"그렇지? 수아 네가 그렇게 말할 정도면 정말이겠네."

"……!"

"처음엔 좀 성깔 더러운 것처럼 보였는데, 생각해 보니 그럴 만도 한 것 같아."

생글생글 웃으며 재잘대는 소피.

문수아는 혀와 입술을 뜯어내고만 싶었다. 물론 군림고로 인한 암시 때문에 자해하는 건 불가능했다.

결국 흘러나오는 것은 한숨뿐.

눈치 없는 소피는 그것까지도 자기 좋을 대로 해석했다.

"아, 그래. 네가 먼저 찜해놨다는 거지?"

"그런 거 아냐. 그냥 좀……."

"아, 피곤하겠구나. 미안, 내가 너무 수다스러웠네."

문수아는 간신히 고개를 끄덕였다. 빙긋 웃은 소피가 그녀의 어깨를 두드렸다.

"그럼 푹 쉬어, 부산시의 구원자."

"……."

"너무하세요. 혼자만 재미 다 보시고."

잔뜩 토라진 밀리아의 말에 그렉이 눈살을 찌푸렸다.

"대재앙급 마수와의 전투는 놀이나 유흥거리가 아니다."

"말이 그렇다는 거잖아. 그러는 자기도 잔뜩 기대해 놓고선."

"딱히."

적시운은 불과 얼음처럼 으르렁거리는 둘을 내버려 두기로 했다.

"과천엔 별일 없지?"

"응, 세연이가 칭얼거리는 걸 빼면."

"세연이가?"

"걱정할 만한 수준은 아냐. 그냥 오빠가 보고 싶다고 중얼거리는 정도니까."

"그래."

적시운의 표정을 본 헨리에타가 피식 웃었다.

"동생 걱정이 그렇게 되면 전화라도 하지 그랬어?"

"일이 좀 바빠서 그럴 겨를이 없었어."

"수린 언니도 그럴 거라던데."

헨리에타 일행과 합류한 적시운은 과천 특구로 돌아갈 채비를 했다.

어디서 얘기를 전해 들었는지 임장규가 곧장 찾아왔다.

"벌써 떠나려는가?"

"예, 이곳에서의 볼일은 끝났습니다."

"정말 그렇게 생각하나?"

"뭔가 문제라도 있습니까?"

임장규의 얼굴에 그림자가 드리웠다.

"문수아 건을 아직 매듭짓지 못했잖아. 시내에 천무맹 첩자가 더 남아 있을지도 모르고…….”

“그 점은 염려하지 않으셔도 됩니다. 문수아 본인을 제외하면 남는 것은 피라미뿐이라니까요.”

“고것의 말을 믿을 수가 있겠나?”

“그 여자를 믿는 게 아닙니다. 제 능력을 믿는 거지.”

“음…….”

“문수아는 어르신이나 제 생각보다도 더 뛰어난 엘리트인 모양입니다. 듣자 하니 주작전주라는 여자의 오른팔쯤 된다더군요.”

“주작전주?”

“예, 맹주 휘하 12명의 강자 중 한 명이랍니다. 이젠 11명 중 하나겠지만.”

“문수아 이상 가는 고수가 최소 두 자릿수라는 말이로군.”

인피니트 크라켄과의 전투에서 문수아는 단연 눈에 띄는 활약을 했다. 에픽급 이온 블레이드로도 잘라내지 못한 크라켄의 촉수를 와이어만으로 끊어낸 실력은 분명 빼어난 것이었다.

‘만약 나나 성욱이와 맞붙는다면…….’

“어르신에 비할 실력은 아닙니다.”

심각해지는 임장규의 얼굴을 본 적시운이 말했다.

임장규는 쓴웃음을 지었다.

"생각을 읽혔구먼."

"문수아의 추정으로는 어르신과 주작전주의 실력이 막상막하일 거라더군요."

"그리 위로가 되는 얘기는 아니로군."

"그 여자의 생각일 뿐이니 너무 괘념치는 마십시오."

"문수아도 데려갈 생각인가?"

"예."

고개를 주억거린 적시운이 말했다.

"손에 들어온 반격의 열쇠이니 요긴하게 써먹어야죠."

일행은 반나절도 걸리지 않아 과천 특구로 귀환했다. 동백연합의 완전 협력을 약속받은 채.

"권창수 좀 만나고 올게."

그 말만 남기고서 적시운은 신서울로 향했다. 덕분에 나머지 일행만 덩그러니 남겨졌다. 꽤나 어색한 분위기 속에서.

"어이, 신입."

밀리아의 목소리에 문수아가 눈을 흘겼다.

"헤, 눈빛은 제법 살아 있네. 그보다 네 얘기나 좀 해봐. 시운 님이랑은 어떻게 만나게 된 거야."

차수정이 아차 하는 표정을 지었다. 일사천리로 돌아온 까닭에 일행에겐 충분한 설명을 할 시간이 없었다.

싸늘한 눈으로 밀리아를 바라보던 문수아가 말했다.

"말하고 싶지 않아."

"누군 뭐 듣고 싶어서 묻는 줄 알아? 앞으로 협력할 사이인데 기본적인 인적 사항 정도는 알아둬야 할 것 같아서 그래."

"몰라도 돼, 슬라브족. 네게 협력할 일 따위는 없으니까."

"아, 그래. 네가 따르는 건 시운 님 한 분뿐이다, 그거지?"

문수아의 얼굴이 잔뜩 일그러졌다.

"나, 나는 그런 뜻이……."

"부끄러워할 것 없어요. 그 심정은 저희들도 다 이해하고 있거든요."

아티샤가 사람 좋은 미소를 지어 보였다.

"혹 어려운 일이 있거든 언제라도 허심탄회하게 말씀해 주세요."

"……."

잔뜩 붉어진 문수아의 얼굴. 남들이 생각하는 그런 의미가 아니었지만 설명이 입 밖으로 나오질 않았다.

밀리아가 작게 코웃음을 치며 팔짱을 꼈다.

"솔직하지 못하긴."

“수고하셨습니다.”

향긋한 커피 향이 공기에 스며들었다.

잔을 들어 한 모금을 마신 적시운은 각설탕을 여러 개 집어넣었다.

빙긋 웃은 권창수가 말을 이었다.

“비로소 이 나라가 하나의 대의 앞에 뭉친 셈이군요.”

“대의는 무슨. 그냥 이해관계가 맞았을 뿐이오.”

퉁명스레 대꾸하는 박태수. 말은 그래도 내심 안도하는 표정이었다.

“어쨌거나 지금부터가 진짜 문제로군요. 이제부터는 천무맹과 맞붙을 계획을 짜야 할 테니까요.”

“그래서 말인데.”

적시운이 무언가를 탁상 위에 올려놓았다.

은은한 빛을 발하는 구체. 반투명한 막 안쪽에서 탁한 연기 같은 것이 꿈틀거리고 있었다.

권창수와 박태수, 그리고 김성렬이 눈을 빛냈다.

“설마…….”

“인피니트 크라켄의 코어인가?”

“예.”

천문학적인 가치를 지닌 S랭크 마수의 코어. 대(對)인피니트 크라켄 전투를 진두지휘하고 결정타까지 먹인 게 적시운이었으니, 그가 챙긴 것은 이해 못 할 일이 아니었다. 그저 어떻게 처분할 것인지가 궁금할 따름.

"보통의 경우라면 판매하거나 흡수하려 하겠지요."

"하지만 우리 앞에 꺼내놓은 것을 보면 다른 생각이 있는 것 같소만."

적시운이 고개를 끄덕였다.

"KP그룹과 태천그룹이라면 암시장 쪽으로도 커넥션이 상당할 거라 생각되는데요."

"그쪽에 팔아치울 생각이오? 하지만 그런 거라면 오히려……."

"돈이나 대가가 목적이 아닙니다. 구매자가 목적이지."

"설마……."

박태수가 눈매를 좁혔다.

"이걸 미끼로 천무맹을 끌어내겠다는 말씀이군."

제41장
주작

1

미합중국의 멸망은 많은 국가에 충격을 주었다.

특히나 한미 동맹과 미일 동맹이 영원하리라 믿었던 한국과 일본이 받은 충격은 엄청난 것이었다.

하나 두 국가의 이후 행보는 크게 갈렸다.

북한이 방패막 역할을 하다 멸망한 덕에 비교적 피해를 덜 입은 한국. 섬나라라는 특성에 태평양까지 옆구리에 껴 대해의 마수들을 모두 맞아야 했던 일본.

한국은 여전히 중국에 이은 실세를 차지했으나 일본은 그러지 못했다. 그리고 그 과정에서 가장 이득을 본 것은 동남아였다.

크게는 필리핀, 인도네시아, 말레이시아의 삼국. 이들 또한 섬, 혹은 반도 국가임에도 마수로 인한 피해는 생각보다 적었다. 마수들의 공습이 선진국을 중심으로 이루어졌던 까닭이다.

"더불어 일본이 반쯤 멸망하면서 상당한 자본이 동남아시아로 흘러들었어요. 일본에서 떵떵거리던 부유층의 대부분이 그곳으로 피신했다고 봐도 과언이 아니죠."

차수정이 말했다.

"그 과정에서 막대한 시장이 생겨났죠. 폭발적으로 성장한 헌터 시장의 득세까지 어우러져, 동남아시아는 휴양지와 암시장의 기능을 겸비하게 됐어요."

헨리에타가 눈매를 좁혔다.

"그리고 그곳에 천무맹도 영향을 미치고 있다?"

"정확히는 지부가 있다고 했어요. 그렇죠, 문수아 씨?"

"대답하지 않겠어."

문수아가 뻗대자 차수정이 빙긋 웃었다.

"어차피 선배 앞에서 줄줄 다 털어놓았잖아요. 말 잘 듣는 애완견처럼."

"너…… 진짜 마음에 안 들어."

"누군 댁이 마음에 쏙 드는 줄 알아? 나라를 배반하고 동료들을 팔아먹으려 한 배신자 주제에.”

차갑게 쏘아붙이는 차수정. 문수아가 소리 없이 으르렁거렸다.

적시운이 걸어놓은 암시는 엄밀히 말해 최소한도에 불과했다. 그 대상이 적시운만 아니라면 적의를 드러내거나 공격하는 것도 가능한 수준. 적시운이 이 자리에 없는 지금 그녀는 어느 정도 자유롭다고 볼 수 있었다.

차수정도 그 사실을 알고 있었지만 개의치는 않았다.

“백만 명. 당신 계획대로 크라켄이 날뛰었더라면 죽었을지도 모를 사람의 숫자야. 그런 대살육을 벌일 뻔했으면서 느껴지는 것도 없어?”

“원래 계획은 그게 아니었어. 설마 크라켄이 그렇게 움직일 줄은 몰랐단 말이야.”

“지금 그걸 변명이라고 지껄이는 거야?”

궁지에 몰린 문수아가 홱 고개를 돌렸다.

“아무것도 말하지 않겠어.”

“흥, 마음대로 해.”

차수정은 일행에게로 시선을 보냈다.

“어쨌든 그곳에 있는 천무맹 지부를 공략하는 게 선배의 계획이에요. S랭크 마수의 코어는 그 미끼로 써먹기에 제격인 아이템이겠죠.”

"그리 쉽지는 않을 텐데. 놈들도 머저리가 아닌 이상은 미끼를 간단히 물진 않을 거다."

"정확해요, 그렉. 하지만 신뢰할 만한 사람이 함께라면 얘기가 달라지죠."

"신뢰?"

"동양에는 사방신이라는 개념이 있어요. 동서남북 네 방향을 수호하는 네 마리의 환수가 존재한다는 거죠."

"흐음."

"천무맹도 거기서 착안해 네 개의 전투 집단을 휘하에 두고 있어요. 과천에서 우릴 습격했던 무리는 그중 동쪽을 수호하는 청룡전의 무사들이에요."

"동남아시아에도 그런 게 있다는 거군."

"네. 남방의 수호자, 주작전이 자리 잡고 있다고 해요."

차수정의 차가운 시선이 문수아를 훑었다.

"저 여자도 거기에 소속된 무사고요."

"칫."

"저 여자에게 양심 같은 게 있을 리 만무하니 설득하는 건 불가능하겠죠. 선배도 그 때문에 특수한 수법을 사용한 거겠고요."

"그렇지만은 않을 거예요."

아티샤가 말했다.

"모든 인간에겐 선한 면이 존재하니까요. 그렇죠, 문수아 님?"

"엿이나 먹어."

"어머, 감사해요. 엿이라는 건 동양식의 사탕이라면서요? 먹어본 적은 없는데 언제 한번 같이 먹었으면 좋겠어요."

문수아의 얼굴이 순간 멍해졌다.

"흠. 그러니까 신입, 너는 원래 중국 놈들의 끄나풀이었다는 거네. 그러다가 지금은 우리 편인 거고."

"착각하지 마, 슬라브족. 난 애초부터 너희 편이었던 적이 없어."

"에이, 그렇게 뺄 것 없어. 어차피 우리도 처음부터 시운 님이랑 친한 사이였던 건 아니니까."

"난 앞으로도 그럴 일 없을 거야."

"보니까 시운 님 말은 꼬박꼬박 잘 따르는 것 같던데?"

"그건 그 천사 같은 남자가……!"

문수아는 말을 채 잇지 못하고 황급히 두 손으로 입을 가렸다.

"젠장!"

"그래서 출발 계획은 언제쯤으로 잡고 계십니까?"

"이틀 정도 쉬었다가 바로 출발할 겁니다."

적시운의 대답에 박태수가 눈썹을 꿈틀댔다.

"우리가 도와야 할 부분은 무엇이겠소?"

"주작전이라 불리는 천무맹 휘하 조직의 본부가 필리핀 세부에 있다고 합니다."

"세부라면……."

"전통의 휴양지죠."

필리핀 비사야 제도의 세부 섬을 비롯한 자잘한 섬들로 이루어진 주(州).

주의 이름뿐 아니라 중심이 되는 섬과 도시 전부가 세부라는 이름을 지니고 있다.

"정확히는 세부 남동부에 딸려 있는 막탄 섬에 지부가 있다고 하는데, 그곳은……."

"일본 야쿠자가 꽉 잡고 있지요."

필리핀의 야쿠자.

꽤나 어울리지 않는 조합이었지만 나름대로 유서 깊은 파벌이었다.

일본 붕괴 때 다수의 부유층과 정치인이 필리핀으로 피난을 갔다. 한국이나 중국으로 피하기엔 너무나 지저분하고 털리기 쉬운 이들이었기에 차선책으로 동남아를 택한 것이다.

그리고 일본 내의 야쿠자 파벌들 또한 그 뒤를 따랐다. 승산 없는 마수와의 전쟁에 투신하느니 일신의 안전을 도모하는 게 낫겠다고 판단한 것이다.

자금과 무력은 충분했기에 그들은 세부에 어렵잖게 뿌리 내릴 수 있었다.

이는 부패한 필리핀 정권에 있어서도 나쁘지 않은 거래였다.

그리하여 마카오의 뒤를 잇는 대규모 카지노 월드가 세부 막탄 섬에 들어섰다.

야쿠자들은 일본 암흑가를 주름잡던 솜씨를 십분 발휘해 꽤나 그럴싸한 암시장과 유흥가를 구축하는 데 성공했다.

"그 배후에도 천무맹이 있었다는 것이오?"

"배후에 있었다기보단 협력 관계라는 표현이 정확할 겁니다."

"그렇다면."

박태수가 알 것 같다는 얼굴로 고개를 끄덕였다.

"우리가 할 일은 그들과 접촉할 다리를 놓아드리는 거겠군."

"예, 좀 죄송한 얘기지만 한국의 내로라하는 대기업이라면 그쪽과의 커넥션이 없을 리 없을 테니까요."

"죄송할 것 없소. 사실이니. 그렇지 않소, 권창수 총리?"

권창수의 얼굴에 난색이 스쳤다.

"총무 대리입니다, 박 회장님."

"미래의 대통령이라 불러드릴 걸 그랬군. 여하간…… 어쩌시겠소? 내가 알기로 KP그룹도 동남아 쪽과는 상당히 우호적일 텐데."

"예. 뭐, 그렇긴 합니다."

"결례가 되지 않는다면 이번 일은 우리 태천 쪽에서 맡았으면 좋겠소만."

권창수는 지체 없이 고개를 끄덕였다. 사실 그간 태천그룹에 마음의 짐이 없잖아 있던 그였다.

"그래 주신다면 감사할 겁니다."

"그럼 얘기는 끝났군."

박태수가 적시운을 돌아봤다.

"필리핀까지의 여행 경비와 수단은 태천에서 지불하리다."

"알겠습니다."

그냥 경공술을 펼쳐 날아가면 얼마 걸리지 않아 도착할 수 있을 것이다.

하지만 이번엔 좀 더 머리를 굴려야 했다. 단순히 쳐들어가 싸우는 걸 넘어 천무맹의 근간, 뿌리 깊은 곳까지 파고들 필요가 있었던 것이다.

이제는 천무맹도 적시운의 실력을 알 만큼 알고 있다. 무턱대고 치고 들어가 봐야 꼬리만 자르고 달아날 터였다.

"위장 신분도 필요할 것 같군. 이쪽에서 준비해 놓으리다."

"그럼 믿고 맡기겠습니다."

"함께 갈 인원은 몇 명이오?"

"조금 생각해 본 다음에 알려드리죠."

박태수는 고개를 끄덕였다.

"그럼 그렇게 하시구려."

"……."

문수아는 베란다 난간에 기대어 서 있었다.

베란다 바깥으로는 탁 트인 과천 특구의 전경이 비쳤다. 부산과는 비슷하면서도 다른 느낌.

오감 중에서도 후각이 가장 확실히 느끼고 있었다.

소금기 가득한 부산의 공기와 탁하고 건조한 과천의 공기는 너무나 달랐다.

그리고 그 차이를 느꼈을 때 그녀는 한 가지 사실을 깨달았다.

'내가 부산을 그리워하고 있구나.'

그녀는 화교 출신이었다.

적시운이 내다본 대로 친가는 중국계.

안휘성 출신이라는 것까진 알지 못했지만 은사 조종술이 대대로 물려 내려왔다는 것까진 알고 있었다. 더불어 대대로 천무맹을 섬겨왔다는 것도.

때문에 천무맹의 첩자 노릇을 하면서도 크게 죄책감을 느끼진 않았다. 천무맹은 기본적으로 중국, 나아가 아시아의 평화와 균형을 유지하는 집단이었기에.

사실 크나큰 자부심을 느꼈다는 게 정확한 표현이리라.

궁극적으로 세상을 마수로부터 지키고자 하는 집단의 일원인 것이 어찌 자랑스럽지 않으랴.

그렇기에 동료들을 속인다는 자각도 거의 느끼지 못했다. 그저 말을 하지 않았을 뿐, 거짓말을 한 것은 아니었기에.

그러한 생각은 얼마 전까지지도 유효했다. 적시운과 함께 크라켄을 해치우는 순간까지도.

한데 반나절 전, 차수정의 말을 들은 순간 크게 동요할 수밖에 없었다.

"백만 명."

그녀의 보고를 받은 흑살도후 요화란은 한 가지 명령을 내렸다. 그녀는 평소에 알아둔 가토 패거리에게 의뢰를 던졌다. 상관인 주작전주의 명령에 일말의 의심도 품지 않고서. 그것이 대의라고 여겼기에.

"그런 대살육을 벌일 뻔했으면서 느껴지는 것도 없어?"

차수정의 음성이 뇌리를 흔들었다. 철석같이 믿고 있던 진리에 먹구름이 끼기 시작한 것은 그 순간부터였다.

'만약 내가 알고 있던 사실들이 잘못된 거라면…….'

정녕 백만 부산 시민을 수몰시키려던 게 천무맹의 진의라면, 그런 거라면…….

"고향이 그리우신 거죠?"

부드러운 음성이 등 뒤에서 들려왔다. 흠칫 놀란 문수아가 반사적으로 몸을 돌렸다.

경계심 가득한 표정을 본 아티샤가 미안한 표정을 지었다.

"죄송해요. 놀라게 하려던 건 아니었는데."

이곳은 헨리에타 일행의 숙소였다. 결단코 자신이 곁에 두고 감시하겠다는 차수정을 진정시키고서 문수아를 이곳으로 데려온 차였다.

안방 쪽으로 문수아의 시선이 향하자 아티샤가 말했다.

"헨리에타 님은 주무시고 계세요."

"……당신도 무공을 익혔군."

"네."

"그 남자가 가르쳐 준 건가?"

"네."

"당신도 내가 악녀라고 생각해?"

아티샤의 표정은 읽기 힘들었다. 어둡기 때문은 아니었다. 그녀의 안력은 이미 어둠 따위는 장해물이 되지 못할 수준이었기에.

표정을 읽기 힘든 이유는 하나뿐. 그녀가 항상 웃는 얼굴이기 때문이었다.

"정말 악한 사람이었다면."

아티샤가 말했다.

"그런 표정을 짓지 못할 거예요."

"그런 표정?"

"차수정 님의 말을 들었을 때 문수아 님의 표정 말이에요."

문수아가 움찔했다. 그때 어떤 표정을 지었었는지 기억이 나질 않았다.

"후회 가득한 표정이었어요."

아티샤가 대신 대답해 주었다. 고개를 푹 숙인 문수아가 나직한 신음을 흘렸다.

"그곳은 내…… 고향이야."

"그래요."

"몰랐어. 내가 벌인 행동이 어떤 결과를 만들게 될지."

가만히 다가온 아티샤가 문수아의 어깨를 토닥여 주었다.

문수아는 입술을 깨물고서 애써 호흡을 가라앉혔다. 그러지 않고서는 당장에라도 흐느낄 것 같았기에.

2

인피니트 크라켄 토벌에 대해선 대외적으로 거의 알려지지 않았다.

대외적으로는 동백 연합 주관의 해상 훈련이 있었으며 그날 우연히 풍랑 경보가 발령되었을 뿐.

임장규는 '훈련 참가자'들의 입단속을 철저히 했다.

진실이 새어 나가더라도 당장은 아닐 터. 덕분에 눈에 불을 켜고서 한반도의 정세에 집중하고 있는 이들만 속이 타게 되었다.

주작전의 수좌, 흑살도후 요화란 또한 그중 하나였다.

"문수아 이년은 대체 뭘 하고 있는 거지?"

마지막으로 내린 명령은 크라켄의 새끼들을 도륙하라는 것. 더불어 왜인으로 위장해 정보에 혼선을 빚으라는 것이었다.

문수아와의 연락은 그 이후로 두절되었다. 그리고 인피니트 크라켄이 사냥당했다는 풍문이 흘러나오기 시작했다.

"뭐가 어떻게 돌아가고 있는 건지 알 수가 없잖아."

요화란은 신경질적으로 손끝을 질겅였다.

부산 시내에 심어둔 첩자는 문수아 한 명뿐. 다른 사신전

주나 팔부신중이 사람을 심어두었을 가능성도 없진 않지만, 최소한 요화란이 직접 심은 건 그녀 하나뿐이었다.

마지막 남은 조선의 무인, 임장규의 존재가 껄끄러웠던 까닭이다.

"뭐, 그래 봐야 동이의 잡기(雜技)에 불과하지만."

당장 그 임장규부터가 문수아의 존재를 지금껏 눈치채지 못했다. 이는 육안문가의 천잠은사술이 은밀기동과 잠행에 최적화되어 있는 까닭. 하지만 동시에 임장규의 무예가 천무맹 상위권에 미치지 못한다는 방증이기도 했다.

여하간 부산시에 심어둔 주작전의 무사는 문수아가 유일했다.

그녀는 요화란을 실망시킨 적이 없었다. 최소한 지금까지는.

"한데 연락이 두절되었다……."

요화란의 입가에 비틀린 미소가 그려졌다. 한 사내의 존재가 그녀의 뇌리를 스쳐 지나갔다.

"재미있군."

자리에서 일어난 그녀가 테라스로 걸어 나갔다. 햇빛 차단용 커튼이 좌우로 젖히며 눈부신 빛살이 방 안으로 쏟아져 들어왔다.

눈앞으로 펼쳐지는 것은 에메랄드빛으로 일렁이는 바다. 그 위로 푸른 하늘과 조각구름이 펼쳐져 있었다.

마수들에 의해 오염된 시커먼 바다와는 궤를 달리했다.

마수 안전지대인 동남아의 바다는 현존하는 유일한 휴양지의 존재를 한층 빛나게 해주었다.

그리고 요화란은, 그 한가운데에서도 가장 고고히 빛나는 보석이었다.

"그렇지 않아, 가루다?"

"뭐가요, 흑살도후?"

햇빛이 미처 미치지 못한 방구석에서 낭랑한 음성이 들려왔다.

몸을 돌린 요화란이 허리에 손을 얹었다.

"그렇게 좀 부르지 말아줄래?"

"흑살도후요?"

"그래."

"왜요? 으스스해서 어감도 좋구만."

"백주대낮에 사람 난도질하는 년 같잖아. 흑살은 뭐고 도후는 뭐람."

"딱히 틀리지도 않은 것 같은데."

"죽을래?"

장난스러운 웃음소리 뒤로 목소리가 이어졌다.

"뭐, 그럼 다른 사람들처럼 주작전주라 불러드리죠. 안 그래도 댁한테 죽을 일은 없겠지만."

"하여간 귀여운 구석이 하나도 없는 꼬마라니까."

"나도 그 표현이 싫은데요."

"꼬마?"

"예."

"널 꼬마라고 안 부르면 누굴 꼬마라고 부르지?"

"아까의 복수라는 거군요. 뭐, 좋습니다. 이 정도는 봐드릴게요. 조금이라도 인격이 훌륭한 제가 참아야죠."

"흥."

요화란은 단추를 풀어 놓은 티셔츠를 벗어 던졌다. 동남아의 따가운 햇살 아래로 그녀의 나신이 훤히 드러났다.

"수아한테도 연락이 없어."

"부산에 심어놓았다는 심복 말이죠?"

"그래, 내 생각엔 아무래도……."

탁자에 놓아둔 통신기가 부르르 진동했다.

요화란은 난간에 기댄 채 손만 뻗었다. 허공섭물에 의해 통신기가 그녀의 손으로 빨려들었다.

"누구니?"

-문수아입니다, 주작전주님.

요화란의 붉은 입술에 미소가 걸렸다.

"보고가 좀 늦었다?"

-죄송합니다. 한꺼번에 설명드리기 어려운 일들이 잇달

아 벌어져서…….

"대왕 문어가 죽었다는 거랑 그 조선인이 연관되었다는 건 빼고서 얘기해 봐. 이미 알고 있는 사실이니."

-네, 주작전주님. 사실 그 과정에서…….

한동안 설명이 이어졌다. 그동안 요화란은 다시 방 안으로 들어왔다.

"그러니까 네가 그자의 부하로 들어갔다는 거지?"

-네, 정확히 말씀드리자면…… 놈이 제 안에 고독을 심어 두었습니다.

"고독? 네 안에?"

-그렇습니다. 때문에 저는 그를 공격하는 것은 물론이고 자결하는 것조차 불가능합니다.

"재미있는 얘기로군. 그래서?"

-그 남자가 조만간 세부를 방문할 겁니다. 인피니트 크라켄의 코어를 처분하기 위해서요.

"호오……."

그녀의 눈동자가 묘한 빛을 흘렸다.

-그때를 노리신다면 그 남자의 숨통을 끊으실 수 있을 거예요. 팔부신중을 비롯한 전력을 집중시킨다면…….

"말이 많아졌구나, 문수아. 언제부터 네년이 이 몸에게 이래라저래라 하게 되었지?"

–죄송합니다.

"게다가……."

짤막한 침묵 뒤로 요화란이 말을 뱉었다.

"네년의 말이 사실이라면, 이 얘기부터가 함정일 가능성이 높지 않나? 그가 고독을 네 안에 심어두었다며? 그걸 빌미로 너를 협박해 이 연락을 취하게 두었을 가능성도 높지 않나?"

–그렇게 생각하시는 것도 무리는 아닐 겁니다. 다만 이 점을 생각해 주셨으면 합니다.

"뭘?"

–제가 정말 그자의 사주를 받은 거라면, 이 모든 이야기를 주작전주님께 고하지 않았으리란 점을요.

"흐음."

요화란은 손가락으로 머리카락을 빙글빙글 꼬았다.

"이럴 가능성도 있지. 그 남자가 거기까지 읽고서 네년에게 연락을 취하게 했을 가능성."

–…….

"뭐, 그렇게까지 하는 의중은 잘 모르겠지만 말이야."

–그런 식으로 생각한다면 끝이 나지 않을 겁니다, 주작전주님.

"뭐, 좋아. 함정이 됐든 진짜가 됐든 상관은 없어. 어느 쪽

이든 그자가 이곳에 오리라는 점은 확실한 거잖아?"

—네, 그렇습니다.

"알겠어. 너도 함께 오니?"

—예, 아마도…….

"흐응. 그래, 그럼 그때 보자고."

대화를 마친 요화란이 통신기를 내던졌다. 방구석에서 예의 목소리가 다시 들려왔다.

"햐, 여기 놀러 오길 잘했네요. 이런 대박 정보를 얻을 줄이야."

"다른 사람들한텐 지껄이지 마, 가루다."

"부탁인가요?"

"명령."

"그 말을 제가 들어줘야 할 이유는?"

"사탕 사줄게."

"……."

"농담이야. 인피니트 크라켄의 코어를 얻게 되면 네게 넘겨주겠어. 그 정도면 어때?"

"뭐, 그거라면 나쁘지 않지만…… 역시 다른 12강의 힘을 빌리는 게 낫지 않아요? 보아하니 보통 놈은 아닌 모양인데."

"사공이 많아지면 배가 산으로 가는 법이지. 뱃삯도 나눠 가져야 해서 남는 게 없고."

"흐음."

"내게 다 생각이 있어. 그러니 너는 일단 모르는 척 좀 해 줘. 이렇게 부탁할 테니."

"그럼 그러죠, 뭐."

방 안의 그림자가 기묘하게 일렁였다. 요화란은 그 어둠 속에서 꿈틀대는 미소를 보며 흠칫했다.

"하지만 여유는 그리 많지 않을 거예요. 제석천께서 알아내시는 것은 시간문제이니."

"……그래."

"그럼 또 보자고요. 부디 무사한 모습으로."

그림자가 사라졌다.

방 안이 미세하게 밝아진 것을 느낀 요화란이 한숨을 쉬었다.

"교활한 새끼."

팔부신중의 최강은 제석천이나 가장 꺼림칙한 것은 저 가루다였다.

어린아이의 음성과 불분명한 형체를 지닌 자. 가루다는 과연 인간이기나 한 것인지 의심되는 존재였다.

"그래도 팔부신중의 체면이 있으니 거짓말을 하지는 않겠지."

약속대로 놈은 당분간 이 일에 대해 함구할 것이다. 팔부신중이란 하나같이 제 잘난 맛에 사는 오만한 놈들이었으니.

요화란으로선 약간의 여유를 얻은 셈. 무언가를 하려면 그 동안에 해야 했다.

"그 남자가, S랭크 코어를 들고서 이곳으로 온다?"

블러핑, 혹은 진실.

어느 쪽이 되었든 대처하는 것은 그녀의 몫이었다.

"시키는 대로…… 했어."

문수아의 목소리는 가늘게 떨리고 있었다.

"그 여자가 무섭긴 무서운 모양이지?"

"그게 아냐. 당신이……."

"내가 좀 무섭긴 하지."

"이 마당에도 농담을 할 수 있는 굵은 신경에 경의를 표하겠어. 자칫하면 천무맹 12강을 전부 상대하게 될지도 모르는 마당에."

"그렇지는 않을걸. 네 입으로 말했잖아. 주작전주라는 여자는 야망이 크고 맹에 대한 충성심도 약하다고."

"……그랬지."

"듣자 하니 백진율은 폐관 수련에 들어갔고 웬 노인네가 대장 노릇을 하고 있다며? 12강이란 것들도 살펴보면 자기들끼리의 기 싸움이 상당하다고도 하고.”

“…….”

“전부 네가 말해준 거잖아. 난 거기에 맞춰서 계획을 짰을 뿐이야.”

“세부로 갈 거라고 대놓고 말하는 게 계획이란 말이야?”

“완전한 거짓말보다는 약간의 진실을 배합한 거짓말이 효과적이니까. 이로써 저 여자는 어떤 형태로든 내 미끼를 물 수밖에 없게 되었지.”

문수아는 비웃어주려고 했다. 잘난 척하다가 크게 데일 수도 있다며 냉소하고 싶었다. 하지만 이어지는 적시운의 말에 그럴 생각이 쏙 들어갔다.

“설령 12강인지 뭔지가 다 몰려온대도 상관없어. 쓸어버리면 그만이니까.”

“…….”

“그…… 이름도 가물가물하네. 나한테 죽은 녀석.”

“청룡전주 상우천.”

“아, 그래. 결국은 그놈 정도의 12명이라는 거잖아?”

문수아는 말문이 턱 막혔다.

누군가 천무맹 12강을 이렇게 폄하했다면 미친놈이라고 비웃었을 것이다. 하지만 정작 현실이 되고 보니 그럴 수가 없었다.

마음에 들고 말고를 떠나, 이 남자는 이런 말을 할 자격이 있었기에.

"그러시겠지."

미적지근한 그녀의 반응에 적시운이 피식 웃었다.

"하룻밤 사이에 좀 고분고분해졌는걸. 벌써 항복하는 건가?"

"난 아직 천무맹을 향한 충성심을 버리지 않았어."

"그럼 좋아해야지. 내가 계획도 다 까발리고서 범의 아가리 속으로 걸어 들어가겠다는데."

"……."

"뭐, 어쨌든 준비나 해두라고. 너도 같이 가야 할 테니까."

문수아의 얼굴이 우울해졌다.

"알고 있어."

이튿날 아침, 태천그룹으로부터 파일을 받은 차수정이 적시운의 방으로 찾아왔다.

"태천그룹에서 전용기를 내줬어요. 필리핀까지는 그걸 타고 이동하게 될 거예요."

"직선거리로 날아가는 건 아니겠지?"

"네, 해상은 비행형 마수들의 천국이니까요. 대공망이 갖춰진 중국 내 비행경로를 경유하는 형태가 될 거예요. 중국 남부에서 대만, 필리핀으로 이어지는 지하 터널 열차를 타게 될 거고요."

"소요되는 시간은?"

"대략 10시간 정도예요. 경공을 펼치거나 직항 경로로 날아가는 데에 비하면 매우 오래 걸리는 편이죠."

"괜찮아. 그 정도면 적당해."

"누구누구를 데리고 가시겠어요?"

"기왕 대기업에서 전용기까지 내준다는데 가고 싶은 사람은 다 데려가지, 뭐."

"그럼……."

"세연이는 빼고."

차수정이 실소를 지었다.

"역시 위험하긴 한 일인가 보군요."

"휴양지라 해도 적진에 들어가는 일이니까."

"알겠어요. 세연이한테는 얘기하지 않을게요. 그럼 언제 출발할 생각이세요?"

"대략……."

잠시 생각하던 적시운이 말했다.

"사흘 후면 적당할 듯싶어."

3

"그들이 필리핀으로 온다는 거군."

폐허가 된 성터.

과거 장가계(張家界)라 불렸던 도시의 시가지였다.

허물어진 성벽 아래 그늘진 곳에 한 사내가 서 있었다. 해는 여전히 중천에 떠 있었지만 사내가 선 성벽의 그림자는 유달리 어둑했다.

사내는 그 어둠을 응시하고 있었다.

이윽고 어둠이 대답했다.

"옙, 보아하니 흑살도후네 계집 하나가 붙잡힌 모양이에요. 그년이 아는 대로 싹 불어버린 것 같고요. 본인 말로는 고독에 당했다는데, 뭐 곧이곧대로 믿기는 좀 그렇죠."

"놈이 온다는 정보도 그 여자를 통해 들은 것 아닌가?"

"예, 그래서 좀 찝찝하죠. 이년이 구라를 치는지 진실을 말하는지 알 수가 없으니."

"흑살도후의 반응은?"

"지 혼자 처먹겠으니 알리지 말라던데요. 대놓고 뭐라 했다간 히스테리 부릴 것 같아서 일단은 그러마 했죠."

"그리고 내게 와서 알린 거군."

"옙. 뭐, 그녀과 한 약속을 지킬 의리 따윈 없잖아요?"

성벽의 그림자가 기묘하게 흔들렸다. 감정의 파장을 굳이 추정하자면 냉소 섞인 비웃음. 반면 사내의 얼굴은 암석처럼 단단했다. 비유적인 측면에서도, 실제로도.

"남들에게도 알렸나?"

"그럴 리가요. 제 성격 아시면서. 대장한테 가장 먼저 알리러 온 거예요."

"알겠다. 당분간은 어느 누구에게도 말하지 말고 함구하도록."

나지막한 한숨 소리가 들려왔다.

"그녀한테 기회를 주시게요?"

"동남아시아는 그녀의 영역이니 존중해 줄 필요가 있다. 하물며 약조까지 한 이상은."

"그까짓 약속쯤은……."

"네가 팔부신중의 일원임을 잊지 마라, 가루다."

사내, 제석천이 엄중한 어조로 말했다.

"말 한마디를 뱉음에 신중해야 하며 한 번 내뱉은 말은 신념을 바쳐 지켜야 한다. 그것이 천무맹의 대의를 수호하는 팔부신중의 마음가짐이다."

"예예, 일단은 입에 지퍼 달고 있을게요. 근데 무백 그 노친네가 알아채면 어쩌죠? 안 그래도 눈치만 더럽게 빠른 양반인데."

"노사는 북방의 일에 집중하고 있다."

"또 러시아 잔당들인가요?"

"우크라이나."

"헤, 300년 내내 털리기만 한 것들이 자존심만 살아선. 저도 그럼 그쪽에나 놀러 갔다 올게요. 한동안 백인 계집애들 맛도 못 봤는데."

제석천이 살짝 눈살을 찌푸렸다.

"지나친 잔학은 자제하도록."

"물론이죠. 안 그래도 요즘 백인 애들 수가 줄어서 주의하고 있어요."

그림자의 채도가 줄어들었다.

무언가가 완전히 사라졌음을 느낀 제석천이 몸을 돌렸다.

"미안하게 되었군. 결례를 범할 생각은 없었는데."

탕!

대답 대신 터져 나온 총성.

탄환은 정확히 제석천의 미간에 꽂혔다. 그리고 완전히 찌그러져선 떨어져 내렸다.

권총을 쥔 피투성이 사내의 몸이 분노와 공포로 바르르 떨렸다.

"소용없다, 이민족의 후예여."

"악마 같은 놈……!"

"폭탄 테러를 벌여 무고한 민간인 30여 명을 살해한 네가 할 말은 아닌 것 같군."

"넌 그 열 배가 넘는 묘족(苗族)을 죽였잖느냐!"

"불필요한 저항이 없었다면 죽지 않았을 이들이었지."

"불필요한 저항이라고? 우리 종족만의 독립 공동체를 만들고자 한 게 저항이란 말이더냐?"

"너희는 중화인민공화국의 신민이다."

"그 잘난 국가가 무엇을 해주었지? 우리의 고혈을 짜내는 것을 빼고 도대체 무엇을 했나?"

"너희의 희생은 중화(中華)의 꽃을 피우는 거름이 되었다."

"미친 새끼!"

사내가 재차 방아쇠를 당겼다. 몇 발의 탄환이 제석천의 급소에 꽂혔지만 일말의 타격도 주지 못한 채 튕겨 나왔다.

"내 금강불괴지체(金剛不壞之體)에 흠집을 낼 수 있는 병기는 거의 없을 것이다. 전술핵이라도 가져온다면 혹시 모르겠군."

"크앗!"

버럭 고함을 토한 사내가 벌떡 일어나 달려들었다. 반쯤 짓이겨진 손아귀에 수류탄 다발에 들려 있었다.

충분히 낚아채거나 날려 버릴 수 있었지만 제석천은 그러지 않았다.

쾅!

요란한 폭음이 공터를 흔들었다.

불길과 흑연이 뒤엉키는 그곳에서 제석천이 걸어 나왔다. 옷이 불타고 약간 그을렸을 뿐, 아무런 상처도 없는 모습이었다.

"맹주가 경계심을 가질 정도의 사내가 필리핀으로 향한다."

폭사한 이민족은 이미 머릿속에서 지워진 뒤.

제석천은 고개를 들어 잿빛 하늘을 응시했다.

"남쪽…… 인가."

적시운은 사흘 동안을 가족과 함께 보냈다.

필리핀행에 대해선 말하지 않았지만 세 모녀도 대강 짐작은 하고 있는 눈치였다.

"날도 슬슬 쌀쌀해지는데, 이거 가지고 가렴."

받아 들고 보니 털목도리였다. 행선지를 생각하니 실소가 나왔지만 적시운은 내색하지 않았다.

"잘 입을게요, 엄마."

"동료들 것도 챙겨뒀으니까 가져가고."

"예."

적수린은 자그만 병 몇 개를 가져왔다.

"마시는 건 아닌 것 같은데."

"수분 크림이랑 스킨로션, 선크림이니까 때 될 때마다 발라."

"화장품을?"

"요즘은 남자들도 다 발라. 남자는 뭐 피부 안 탄대니? 게다가 걔들 생각해서라도 너는 좀 신경 써야 돼."

"걔들이라니, 뭔 소리야."

눈살을 찌푸리는 적시운이었지만 누나가 한 아름 내미는 화장품 꾸러미를 거부하진 않았다.

두 사람과 달리 적세연은 아무것도 가져오지 않았다.

안도의 한숨을 내쉬는 적시운을 보고 적세연은 싱긋 웃었다.

"나도 같이 갈래."

"……!"

"농담이야. 그렇게 세상 뒤집어질 것 같은 표정 좀 짓지 말아줄래?"

"아니, 그게……."

적세연이 돌연 손바닥을 펴 보였다.

"알아. 나는 가 봐야 방해만 된다는 거. 그래서 지금은 암말 안 하는 거야. 그래도……."

우우우웅.

손바닥 위로 희미한 빛무리가 일렁였다. 내가기공의 발현. 어느 정도 내공을 다루는 데 익숙해졌다는 반증이었다.

"내가 자격을 갖춘 다음에는 오빠 곁에 있게 해주겠다고 약속해 줘."

"세연아."

"지금껏 오빠한테는 도움만 받았으니까 나도 오빠에게 도움이 되고 싶어. 당장은 힘들겠지만, 언젠가는……."

"알았어."

적시운의 대답에 적세연의 표정이 밝아졌다.

"고마워, 오빠."

여객기가 적시운 일행에게 제공되었다. 옆면으로는 태천그룹의 마크가 찍힌, 정원이 족히 100명은 넘을 법한 대형기였다.

동행 인원은 길드의 네임드 전원. 제외된 것은 백현준과 박수동 정도였다.

"그건 그렇고……."

김포공항의 승강장 앞.

일행은 하나같이 놀러 가는 차림새였다.

밀리아와 아티샤는 아예 비키니 위로 셔츠와 반바지만 걸치고 있었고, 다른 이들도 헐렁하거나 여백이 넘쳐 나는 옷차림이었다.

하긴 행선지가 행선지인 데다 적시운부터가 놀러 가자는 식으로 말을 꺼내놓았지만.

그렇다 보니 요원용 제복을 갖춰 입은 차수정이 튀어 보일 지경이었다.

"너도 좀 편하게 입지 그랬어?"

"놀러 가는 게 아니잖아요."

사무적으로 대꾸하는 차수정. 물끄러미 그녀를 보던 적시운이 픽 웃었다.

"알맹이는 그렇지도 않은데."

"……투시도 할 수 있으세요?"

"약간은."

"……!"

차수정이 두 손으로 가슴팍을 가렸다. 제복 안의 비키니 수영복을 들켰다고 생각하니 절로 얼굴이 빨개졌다.

"선배, 설마 평소에도……?"

"안 그래. 제발 좀 그러라고 애원하는 인간은 있지만."

"네?"

"귀신. 전에도 말한."

"아."
나직이 탄성을 뱉은 차수정이 조심스럽게 물었다.
"좀 밝히는 귀신인가 보네요?"
"좀이 아니라 매우, 많이."
"이번 여행 때문에 굉장히 들떠 있겠네요."
"그렇지만도 않아. 지금은 따로 하는 일이 있어서 바쁘거든."
"어…… 그런가요?"
"응, 그러니 투시당할 걱정 같은 건 안 해도 돼."
"방금 전엔 하셨잖아요."
"앞으로는 허락받고서 할게."
쓴웃음을 지은 차수정이 화제를 바꿨다.
"근데 그 상자는 뭐예요?"
"아, 이거?"
적시운은 손안에 든 자그만 상자를 던졌다 받았다.
"인피니트 크라켄 코어. 여기다 담아뒀지."
"……그런 물건을 함부로 다뤄도 돼요?"
"뭐, 폭탄이랑은 조금 다르니까. 불붙이거나 조금 세게 때린다고 해서 터지진 않잖아."
"그렇긴 하지만요. 잃어버리거나 할 수도 있으니까 주의하세요."
"걱정 마. 내가 뭐 어린애도 아니고."

그때 문수아가 다가왔다.

그녀 역시 탁 트인 탱크톱 차림이었다. 보아하니 밀리아와 아티샤가 신이 나서 입혀놓은 모양이었다.

선글라스를 머리 위에 얹은 그녀는 꽤나 불만 많은 표정이었다.

"대체 무슨 생각을 하고 있는 거지?"

"네가 묻는다고 내가 대답해야 하냐? 뭐, 내가 물으면 넌 대답해야 하지만."

"……."

"계획은 간단해. 나는 크라켄 코어를 가져가 세부 암시장에 내놓을 거야. 경매 과정에서 천무맹 놈들이 얽힐 테고, 놈들을 때려잡을 생각이지. 그 과정에서 겸사겸사 휴양도 좀 하고."

"그럴 거라면 주작전주께 알릴 필요까진 없었을 텐데? 경매에만 올려놓아도 됐을 일이잖아."

"그렇긴 하지."

문수아의 눈매가 좁혀졌다.

"뭔가 꿍꿍이가 더 있나 보군."

"꿍꿍이는 언제나 있지. 네게 알려주진 않을 테지만."

"흥."

"어쨌든 비행기에나 오르셔. 옷도 그렇게나 갖춰 입었는데, 어서 놀러 가야지."

문수아의 얼굴이 시뻘게졌다.

"이, 이건 저 여자들이……!"

예상대로 아티샤와 밀리아를 손으로 가리키는 그녀.

승강구로 들어서던 아티샤가 시선을 느낀 듯 손을 흔들었다.

"잘 어울려요, 문수아 님!"

"시, 시끄러워."

"어서 오세요! 여기 서비스로 와인도 내준대요!"

"시끄럽다니까!"

앙칼지다기보단 당혹감 가득한 외침이었다.

적시운은 피식 웃고서 승강구로 걸음을 옮겼다.

비행은 편안하고 안락했다. 100명은 족히 채울 대형기를 7명이 대절한 셈이니 그럴 수밖에 없었다.

음식도 하나같이 고급에 술과 서비스도 완벽했다.

술 취한 여자들은 깍깍거리며 수다를 떨었고 적시운은 가만히 명상에 잠겼다.

처음엔 거리를 두던 문수아도 형식적으로나마 그녀들에게 섞여들었다.

덕분에 완전히 소외된 사람은 그렉이었다. 물론 그렇다고 해서 박탈감이나 소외감을 느낄 성격은 아니니 상관없었지만.

"와서 같이 술이라도 좀 들지그래?"

"술은 여기에도 있다."

특유의 무뚝뚝한 대답에 헨리에타는 쓴웃음을 지었다.

"뭘 그렇게 생각해?"

"적시운."

"응?"

"뭔가 달라진 것 같지 않나?"

헨리에타가 고개를 돌렸다. 적시운은 잠든 것처럼 의자에 몸을 누이고 있었다. 어쩌면 정말 잠든 것인지도 모르고.

"글쎄……? 성격이야 원래 저랬고, 생긴 것도 크게 달라진 건 없잖아?"

"흠."

"그리고 사람이 하루아침에 달라져 봐야 얼마나 달라지겠어?"

"그런가."

그렉은 한층 아리송하다는 표정을 지었다. 헨리에타가 뭐라 말하려던 차, 후다닥 달려온 밀리아가 손을 내밀었다.

"여기서 궁상맞게 뭐 해? 이리 와. 간만에 케르베로스 멤버끼리 잔 좀 돌리게!"

"사양하지."

"소용없거든?"

벨트를 푼 밀리아가 그렉을 들다시피 했다. 그렉은 짜증이 난 얼굴로 한숨을 내쉬었다.

습격은 2시간 후에 벌어졌다.

4

중국 남동부의 끝, 천주(泉州)시.

비행기에서 내린 일행은 곧장 해저터널 열차를 타기 위해 움직였다.

해저터널 역이 공항과 연결되어 있었기에 많이 걸을 필요는 없었다.

"우우, 죽겠다."

지끈거리는 머리를 부여잡고 중얼거리는 밀리아.

그 곁에 선 헨리에타가 핀잔을 줬다.

"자업자득이야. 와인을 맥주처럼 들이켜 댔으니."

"술이 문제가 아냐. 아무래도 멀미 난 것 같아."

"잘됐네. 듣자 하니 해저 열차도 엄청 흔들린다던데."

"으으……."

"운기토납이라도 해보지 그러나?"

지나치는 차에 말을 건네는 그렉. 밀리아는 부루퉁한 얼굴을 했다.

"어려운 말 쓰지 마. 운기토납이 뭐야?"

"네가 매일 하는 그것."

"……?"

"내공으로 숨쉬기 말이야."

"아하."

헨리에타가 설명하고 나서야 탄성을 뱉는 밀리아. 그렉은 고개를 설레설레 젓고서 걸어갔다.

"이건 네가 가지고 있어."

적시운이 상자를 내밀었다. 얼떨떨한 얼굴로 받아 든 문수아가 미간을 찌푸렸다.

"이걸 왜 나한테 주는데?"

"믿을 만하니까?"

"나를?"

"아니, 너한테 고독을 심은 나를."

"칫."

혀를 차면서도 문수아는 상자를 받아 들었다. 사실 머리가 거부해 봤자 몸이 말을 듣지 않기도 했고.

"아, 그리고."

적시운이 일행을 향해 말했다.

"나 당분간은 싸우지 못하니까 적이 나타나면 너희가 처리해."

"네?"

"갑자기 왜?"

"컨디션이 안 좋아. 몸살 기운이라도 있나 봐."

일행은 멍하니 서로의 얼굴을 돌아봤다.

"저 말이 믿어져?"

"그럴 리가……."

대재앙급 마수를 셋이나 때려잡은 인간이 몸살 기운이라니.

지나가던 개가 웃을 일이었으나 적시운 본인이 그렇다니 딱히 할 말이 없었다.

"뭐, 괜찮지 않겠어요? 우리들도 그렇게까지 약하지는 않잖아요."

"으응, 하긴 그러네."

아티샤의 말에 모두들 고개를 주억거렸다.

당장 차수정부터가 A랭크 냉기술사에 헨리에타 일행은 북미에서도 손꼽히던 길드의 베테랑들이었다.

무맥의 후예마저 속여 넘긴 문수아야 말할 것도 없는 일.

평소 적시운에 가려져 두드러지지 않았을 뿐 그들 모두가 인간계 최상위 랭크의 전투력을 지니고 있었다.

“게다가 습격이란 게 아무 때나 뿅 하고 벌어지는 것도 아니고…….”

쾅!

말이 끝나기도 전에 폭음이 공항을 흔들었다. 창밖을 보니 태천그룹 전용기가 화염에 휩싸이고 있었다. 몇 분 전까지만 해도 그들이 타고 있던 기체였다.

“온다.”

적시운이 말했다.

흠칫한 일행이 자연스럽게 등을 맞대고서 뭉쳤다.

대합실은 혼돈의 도가니였다.

사방에서 터져 나오는 비명, 파랗게 질린 채 어디론가 뛰어가는 사람들로 인해 정신을 차리기 어려울 지경이었다.

“정면.”

적시운이 다시 말했다.

제복을 갖춰 입은 공항 직원들이 중국어로 뭐라 말하며 다가오고 있었다.

여성 스튜어디스의 품속에서 뭔가가 번뜩였다.

“수류탄이다!”

그렉이 소리쳤다.

적시운을 제외한 일행 전부가 사방으로 몸을 날렸다.

"야, 너희들……."

쉭 하고 날아드는 수류탄.

적시운은 작게 한숨을 쉬며 뒤로 물러났다.

쾅!

폭발을 기점으로 신형들이 짓쳐들어왔다. 직원으로 위장한 천무맹의 무사들이었다.

정면으로 쇄도하는 무사를 밀어 차낸 밀리아가 고개를 돌렸다.

"무기 가지고 있는 사람?"

"없어!"

"저도요."

헨리에타와 아티샤가 대답했다.

입맛을 다신 밀리아가 무사를 향해 주먹을 날렸다.

"그럼 현지에서 조달해야겠네?"

그녀는 면세점으로 뛰어들어 가선 부엌칼 하나를 가지고 돌아왔다.

"그거 들고 싸우려고?"

"없는 것보단 낫잖아?"

쾌활하게 대꾸하는 그녀의 칼날 위로 푸르스름한 기운이 맺혔다.

기초 단계에 불과하긴 해도 분명한 검기였다.

쿠구구구!

대합실 한쪽에서 흙먼지가 솟구쳤다. 아티샤가 쇄도하는 습격자를 역으로 잡아채 내던진 것이었다.

하나 그녀의 표정은 마냥 밝지 않았다. 뺨에 새겨진 자그만 혈선이 거무스름하게 물들고 있었다.

"이 사람들, 독을 사용하니 주의하세요."

침착하게 말한 아티샤가 뒤로 물러났다. 헨리에타가 달려가 그녀를 부축했다.

"시운! 해독해 줄 수 있어?"

"그 정도라면."

적시운이 다가가 아티샤의 얼굴에 손을 얹었다. 잠시 기운을 운용하자 상처가 벌어지며 검푸른 핏물이 왈칵 쏟아졌다.

"서비스로 봉합까지 해줄게."

상당히 벌어져 있던 상처가 급속도로 아물었다.

혈색을 되찾은 아티샤가 싱긋 웃었다.

"오늘은 힐러 역할만 하시는 건가요?"

"만날 너희들 뒤치다꺼리만 해줄 수는 없잖아. 잔챙이들 정도는 스스로 처리해 봐."

근처에 있던 문수아가 기가 막힌다는 표정을 지었다. 그녀가 보기에 이들의 움직임은 결코 잔챙이 수준이 아니었던 것이다.

'게다가…….'

카앙!

부엌칼을 쥔 밀리아가 튕겨져 날아와 바닥을 굴렀다. 금방 일어서긴 했지만 부상을 입은 후. 이마를 타고 흐른 선혈이 턱 끝에 아롱졌다.

"쳇!"

다시 뛰어들려는 그녀를 차수정이 저지했다.

"뭐야?"

"선불리 들어가지 마요. 그렇게 약한 놈들이 아니니 신중해질 필요가 있어요."

"쳇!"

혀를 차면서도 밀리아는 고집을 피우지 않았다. 그녀 역시 적의 힘을 체감하고 있었던 것이다.

"이게 가장 큰 차이점이지."

적시운이 말했다.

"천무맹과의 전면전에서 살아남으려면 어떻게든 메워야 하는 차이야."

"그걸 우리에게 체감시켜 주고 싶었던 거야?"

"일단은."

고개를 끄덕인 헨리에타가 아티샤와 함께 일어섰다.

"객관적으로 봤을 때는 어때 보여? 우리가 저들을 이길 수 있을 것 같아?"

"너희 하기에 따라 달린 일이지. 뭐, 치료 정도는 해줄 테니 열심히 해봐."

"안 그래도 그럴 생각이야."

헨리에타와 아티샤가 난전 속으로 뛰어들어 갔다.

적시운은 적당한 거리를 유지한 채 상황을 관조했다.

"너는 안 가냐?"

근처에 있던 문수아가 움찔했다.

"나더러 동료들과 싸우라고?"

"응."

"큭……!"

침음을 뱉은 문수아의 표정이 일순 경직됐다. 무언가가 달라졌다는 것을 체감한 까닭이다.

'암시가…… 약해졌다?'

어제까지의 그녀였다면 적시운의 말을 들은 순간 몸이 먼저 움직이고 있었을 것이다.

한데 지금은 그렇지 않았다. 적시운에게 저항할 때마다 느껴지던 압박이 조금도 느껴지지 않았다.

'고독이 사라져 버린 걸까? 그게 아니면…….'

그녀는 의혹 가득한 눈으로 적시운을 바라봤다. 어쩌면 이

것조차도 적시운의 계획이 아닐까 하는 생각을 떨칠 수가 없었다.

'일단은 움직여야 해.'

어느 쪽이 되었든 적시운의 말을 따르는 척하는 게 지금으로선 상책이었다. 그에게서 벗어날 기회를 엿보기 위해서라도.

문수아 또한 전투에 뛰어들었다.

"수아!"

그녀를 알아본 무사 한 명이 소리쳤다.

스튜어디스 차림의 여성. 기실 그녀뿐 아니라 주작전 무사들의 태반이 여자였다.

―설명은 나중에 할게. 일단은 싸우는 데 장단을 맞춰줘.

전음을 날린 문수아가 그녀와 공방을 주고받았다.

적시운의 눈총을 피해야 했기에 내공까지 실어 최대한 그럴싸하게 전투에 임했다.

"으랏!"

부엌칼은 어느새 집어 던진 뒤.

부서진 기둥에서 철골을 뽑아 든 밀리아가 검막을 펼쳤다.

1m 길이의 녹슨 철골이 검기를 뿌려댔다.

쉬리릭!

주작전 무사들은 어렵잖게 검막을 회피했다. 치고 들어오는 그녀들을 그렉과 헨리에타가 요격했다.

팟!

빠르게 방향을 전환하며 암기를 던져 대는 무사들. 비도와 표창으로 이루어진 탄막이 일행을 덮쳤다.

"피해! 구석으로!"

푸푹!

다들 피한 가운데 밀리아만 암기에 적중당했다. 대부분은 살갗을 파고들지 못하고 튕겨져 나갔지만 몇 개는 피부를 찢고 들어왔다.

"흥! 이쯤은……."

말을 채 마치기도 전에 파래지는 얼굴. 헨리에타가 급히 그녀를 적시운 쪽으로 이끌었다.

일진일퇴의 공방이 계속됐다. 엄밀히 말해 주작전 무사들이 조금씩 밀어붙이고 있는 형국이었으나, 일행도 끈질기게 버티고 있었다.

"이쯤이면 인사로는 충분하겠지."

무사 중 한 사람이 중얼거렸다. 문수아와 공격을 주고받던 여인이었다.

"주작전주 요화란 님께서 전하라고 하셨다. 무슨 꿍꿍이 속인지는 몰라도, 그분의 영역을 침범하려거든 목숨을 걸어야 할 거라고!"

밀어붙이던 무사들이 돌연 뒤로 훌쩍 물러났다.

말을 내뱉은 여인이 문수아를 향해 손을 내밀었다.

"함께 가자, 수아."

문수아가 적시운을 돌아봤다.

적시운은 느긋한 태도로 의자에 앉아 있었다. 마치 가 볼 테면 가 보라는 듯.

그녀는 동료를 따라 한 걸음을 옮겼다. 바로 어제까지였다면 무의식중에 걸음이 멈췄어야 했으나 지금은 아무렇지도 않았다.

가고자 하면 갈 수 있다.

게다가 코어가 담긴 박스까지 그녀의 손에 들려 있었다.

주작전 무사들이 자그마한 장치를 조립했다. 우우웅 하는 소리와 함께 포탈이 열렸다.

"가자."

무사들이 그 안으로 넘어가는 가운데 여인이 손을 내밀었다. 무의식중에 팔을 뻗은 문수아였으나 이내 손길을 거두었다.

"수아?"

"미안해, 자홍."

문수아의 얼굴엔 수많은 감정이 담겨 있었다.

"지금은 따라갈 수 없어."

"어째서……?"

"설명하기엔 복잡한 얘기야. 그러니…… 지금은 그냥 돌아가 줘.”

자홍이라 불린 여인은 여전히 이해할 수 없다는 얼굴이었다. 하지만 포탈이 조만간 닫힐 것이었기에 어쩔 수 없이 몸을 던졌다.

스르륵.

포탈이 닫혔다. 일회용이었던 듯 기계장치가 스파크를 튀기며 망가졌다.

좌아아악!

뒤늦게 작동한 스프링클러가 물살을 쏟아냈다. 불길이 사라진 대합실 안을 연기가 가득 채웠다.

턱.

누군가 문수아의 어깨에 손을 얹었다. 돌아보니 아티샤가 부드러운 얼굴로 바라보고 있었다.

“잘 생각하셨어요, 문수아 님.”

그녀의 손을 뿌리친 문수아가 적시운에게 다가갔다.

“일부러 그런 거지?”

“응.”

문수아가 손을 들어 올렸다. 그대로 냅다 후려치려는 기세였으나 적시운은 피하지 않았다.

결국 그녀의 손은 뺨을 때리는 대신 아래로 흘러내렸다.

“내가 저들을 따라갔으면 어쩔 생각이었지?”

"어쩔 생각이긴. 추적할 생각이었지."

역시.

문수아는 속으로만 작게 중얼거렸다.

"장치는 이 박스에 달려 있었겠군? 코어가 들어 있다는 말도 거짓말일 테고."

"추적 장치 같은 건 없어."

"그럼 어떻게……?"

"군림고. 내 내공으로 만들어진 것이라서 어디에 있든 추적하는 게 가능하지."

"……."

"이번엔 내가 좀 묻지. 왜 동료들을 따라가지 않았지?"

"그건……."

잠시 침묵하던 문수아가 이내 반항적인 표정을 지었다.

"당신 뜻대로 움직이는 일일 테니까. 그래서 그러기 싫었어."

"그래?"

적시운이 피식 웃었다.

화를 내거나 짜증을 보일 거라 생각했던 문수아가 움찔했다.

"쿨한 척하지 마. 속은 부글부글 끓고 있을 거면서."

"내가 왜?"

"내가 당신 계획을 망쳤잖아. 안 그래?"

"딱히."

어깨를 으쓱인 적시운이 자리에서 일어섰다.

"어쨌든 바로 움직이자고. 조만간 공안들이 들이닥칠 테니."

5

어둑한 방 안.

무사 심자홍은 부복한 채 대답을 기다리고 있었다.

아래로 숙여진 그녀의 머리칼이 침대보 위로 사르륵 흘러내렸다.

새하얀 맨발이 이불 밖으로 살며시 나왔다.

게으르기 짝이 없는 움직임.

허벅지부터 정강이까지 이어져 내리는 유려한 곡선. 하나 어딘지 모르게 노곤함이 느껴졌다.

"수아가 따라오지 않았다고?"

"그렇습니다, 전주."

"흐음."

침대의 반대편에서 상체 하나가 슬그머니 일어났다. 하반신과 마찬가지로 완전한 나신이었다.

"너흰 그만 가거라."

그녀의 양옆에서 어린 소년들이 주춤거리며 일어났다. 최대한 높게 봐줘도 중학생으로나 보일 법한 아이들. 가무잡잡

한 피부에 똘망똘망한 눈망울을 한 필리핀 소년들이었다.

퇴폐적인 분위기의 미녀, 요화란이 빳빳한 지폐 뭉치를 깨내어 들었다.

지폐 구석에 적힌 숫자를 본 아이들의 눈이 휘둥그레졌다.

"감사합니다, 주작전주님."

"쯧."

"죄, 죄송합니다. ……감사합니다, 누님."

"그래야지."

빙긋 웃은 요화란이 지폐 뭉치를 뿌렸다.

뼈다귀를 받아먹는 개처럼 지폐 뭉치를 주워 든 아이들이 바삐 방을 빠져나갔다.

심자홍은 엄지로 검비(劍鼻)를 살짝 밀었다.

"처리할까요?"

"어느 쪽을? 문수아, 아니면 저것들?"

"명령만 주신다면 둘 다……."

"왜?"

심자홍이 주춤했다.

"어느 쪽 말씀이신지요?"

"많이 컸네, 우리 자홍이. 나한테 질문도 다 하고."

"죄, 죄송합니다."

느긋한 미소를 지은 요화란이 말했다.

"먼저 애들부터. 왜 처리해야 하는지 설명해 봐."

"그게 저 아이들을 위한 길이기 때문입니다."

"흐음?"

"두 아이 모두 이 근방 출신일 테고, 아마도 전주께오서 직접 간택하셨으리라 생각됩니다."

"응, 길거리에서 예쁘장한 애들로 골라왔지."

"이 근방의 치안은 매우 나쁩니다. 저런 거금을, 그것도 현금으로 들고 다녔다간 당장 오늘 밤을 넘기기도 힘들 겁니다."

"그래서, 다른 놈들이 죽이고 돈 뺏기 전에 네가 죽여서 빼앗겠다고?"

"예."

"뭐, 좋을 대로 해."

요화란이 툭 던지듯 말했다.

"그럼 수아는 왜 제거하려는 거지?"

"잠시 맞서본 경험으로 판단컨대, 수아에게 걸린 암시는 생각만큼 강하진 않은 것으로 보입니다. 그런데도 우리와 함께 귀환하길 거부했다는 것은……."

"이미 그 남자에게 몸도 마음도 다 내줬다, 뭐 그런 건가?"

"굳이 말하자면 그렇습니다."

"흠."

등을 보인 채 엎드린 요화란이 턱을 괴었다.

“정말 그런지는 확인해 보면 될 일이지. 어차피 놈들은 이곳까지 오게 될 테니까.”

“제가 자매들을 데려가 다시 한번…….”

“됐어. 지금쯤이면 해저 열차에 올랐을 테고, 거기서까지 난리를 쳤다간 수습하기 어렵거든.”

안 그래도 천주공항 일로 중화당 쪽 라인에 불이 들어온 상황.

한 번 정도는 주작전의 위세를 내세워 무마할 수 있다지만 두 번은 버거웠다.

“인내심을 가지고 기다리자고. 어차피 그리 오래 걸리지도 않을 테니.”

“예, 화란 님.”

“나가봐.”

요화란이 손을 살랑거렸다.

예를 취하고 나온 심자홍은 앞서 나온 소년들을 뒤쫓았다.

그녀를 본 소년들의 눈망울에 공포가 피어났다.

“그런 거금을 가져가 봐야 사용하지도 못할 거야. 어지간한 가게의 상비금을 다 합쳐도 거스름돈조차 되지 못할걸.”

“…….”

“이 정도만 가져가도록 해. 그편이 너희에게도 이로울 거다.”

심자홍은 약간의 지폐를 내밀었다. 요화란이 준 것보다 0

이 두 개는 더 부족했지만, 그렇더라도 상당한 거금이었다.

"화란 님이 주신 돈을 내놓으라고는 않겠어. 하지만 가져갈 거라면 꼭꼭 숨기고 다니는 게 좋을 거야. 그 돈을 누군가가 본다면 반드시 너희를 노릴 테니까."

잠시 눈치를 보던 소녀들이 지폐 뭉치를 내놓고 심자홍의 돈을 챙겼다.

고개를 꾸벅 숙이고 멀어지는 소녀들을 보며 심자홍은 작게 한숨을 쉬었다.

공항에 그 난리가 났음에도 해저 열차는 정상적으로 운행되었다.

공안 측에서도 별반 얘기가 없었던 걸 보면 천무맹이 수습을 한 모양이었다.

"어처구니가 없네, 정말. 말이 좋아 수습이지, 민간인이 휘말렸는데도 어물쩍 넘어간 거잖아?"

"좋게 생각해요. 우리가 누명 쓰지 않은 것만도 다행이잖아요?"

"그야 그렇지만……."

밀리아가 미간을 구겼다.

"그 주작전주라는 여자, 진짜 마음에 안 들어. 싸울 거라면 정정당당하게 붙을 것이지 이게 뭐람."

"애초에 떳떳한 성격이었으면 애꿎은 비행기를 날리지도 않았을 거예요."

차수정이 냉랭한 어조로 말했다.

전용기가 완전히 날아가긴 했지만 다행히 승무원들은 내린 뒤였다.

그들이 증언을 해준 덕에 적시운 일행은 누명을 벗어날 수 있었다. 설령 누명을 썼더라도 강행돌파 했을 테지만.

"우리, 지금 가짜 신분을 사용하고 있는 거지?"

"네, 태천그룹 계열사인 태천전자의 대표이사님과 그 측근들이죠."

"시운 님이?"

"네, 선배가요."

두 여성의 시선이 한쪽으로 향했다. 당사자인 대표이사는 팔짱을 낀 채 꾸벅꾸벅 졸고 있었다. 최소한 외관상으로는.

"명상 중이니까 방해하지 말라고 하셨었지?"

"그래요."

"그냥 낮잠 잔다고 사실대로 말해도 되지 않았을까? 어차피 건드릴 사람도 없는데."

"그렇기는 한데, 다른 사람도 아니고 선배잖아요. 뭔가 생각이 있으시겠죠."

"흐음."

콧소리를 낸 밀리아는 열차 안을 돌아봤다. 해저 열차는 기본적으로 지하철과 동일했다.

차이점이라면 그저 터널이 놓인 깊이뿐.

지하철이 지표면 아래를 달린다면 해저 열차는 해저면(海底面) 아래를 달리는 식이었다.

"중국-대만-필리핀으로 이어지는 남해 터널은 세계 최대 길이의 해저터널이에요. 단순 계산으로도 한일 해저터널의 3배가 넘죠."

대만을 경유해 필리핀까지 이어지는 기다란 해저 철도.

중국의 무지막지한 자본력이 아낌없이 투입된 결과물이었다.

"해저 지반이 무르기 때문에 느리다는 단점이 있긴 해요."

"그래서, 필리핀까진 몇 시간인데?"

"앞으로 4시간쯤? 그 정도면 도착할 듯싶어요. 물론 그 후에도 세부까지 비행기를 한 번 더 타야 하지만요."

"벌써부터 지치네……."

밀리아의 상체가 의자 위로 미끄러졌다.

"차라리 아까 걔네랑 한 번 더 싸우는 편이 낫겠다."

거의 혼자서 떠들던 밀리아도 1시간이 지나니 조용해졌다.

사람들이 침묵하니 들려오는 것은 덜컹거리는 열차의 소리뿐. 소란스러우면서도 고요한 듯한 기이한 분위기가 이어졌다.

'선배, 뭔가 이유가 있어서 저러는 걸까?'

차수정은 의아한 얼굴로 적시운을 바라봤다.

원래 성격대로면 비행기고 해저 열차고 이용하지 않았을 적시운이다. 대마도로 향했을 때처럼 경공을 펼쳐 한달음에 달려갔을 것이다.

한데 이번엔 조금 달랐다. 앞서 전투에서도 한발 떨어진 채 관조만 하던 것 역시 조금 의아한 일이었다.

'게다가…….'

그녀의 시선이 열차칸 구석, 홀로 앉아 있는 문수아에게로 향했다.

'아무래도 세뇌가 풀린 것 같은데.'

전투 마지막에 그녀가 보인 반응은 조금 특이했다. 군림고의 효과 때문이 아니라, 그저 본인의 의지로 여기에 남은 것처럼 보였던 것이다.

'내가 착각한 거라면 다행이지만 그게 아니라면…….'

어쩌면 주작전을 상대하는 일이 조금은 복잡해질지도 모르겠다는 생각이 들었다.

해저 열차는 필리핀 최북단에서 정차했다.

역사 밖으로 나오니 붉은 치파오를 갖춰 입은 여인들이 기다리고 있었다.

그중 몇몇은 꽤나 익숙한 얼굴.

당장 말을 꺼내는 여인부터가 그러했다.

"필리핀에 오신 것을 환영합니다."

"꽤나 낯이 익은데. 우리, 어디서 만난 적이 있던가?"

농담 반, 진담 반인 적시운의 말에도 심자홍은 표정을 흩뜨리지 않았다.

"따라오시길. 주작전주께서 계신 세부까지 안내해 드리죠."

"가지 않겠다면?"

"그분에게 용무가 있어 찾아오신 게 아닌가요?"

"그렇긴 한데, 그게 너희 말을 고분고분 따라야 할 이유가 되는 건 아니지."

심자홍의 입가에 희미한 미소가 스쳤다.

"함정일까 봐 겁나나요?"

적시운은 웃었다.

"그래 보여?"

"질문에 질문으로 답하는 걸 즐기시나 보군요."

"그러는 너는 우리말이 꽤나 유창한데. 문수아처럼 화교 출신인 모양이지?"

"그래요."

"그럼 내가 하는 말도 잘 알아듣겠군. 찾아가는 건 이쪽에서 알아서 할 테니 잘 기다리라고 전해."

심자홍의 미간이 구겨졌다.

"무슨 생각이시죠?"

"열심히 추측해 봐. 너희들이 잘 하는 일이잖아?"

"어차피 당신의 목적은 주작전에 있을 터. 안내를 받는 편이 여러모로 편할 텐데요?"

"싫어."

"……."

"왜, 내가 뭔 짓을 할지 몰라 겁나나?"

"비아냥대길 좋아하는 성격이로군요."

"너는 자기 주제도 모르는 성격이고."

밀리아와 그렉이 적시운의 양옆으로 섰다. 살기등등한 그들의 기세에 심자홍의 표정이 딱딱하게 굳었다.

"주작전주인지 흑살도후인지 하는 여자한테 전해. 알아서 찾아갈 테니 찌그러져서 기다리라고."

"감히……."

"지금 덤비더라도 난 딱히 상관없어. 근데 그랬다간 너희 모두는 돌아가지 못할 거다."

붉은 옷의 여성들이 품속으로 손을 가져갔다. 하지만 심자홍이 눈짓으로 그녀들을 말렸다.

"오늘은 일단 물러가죠. 말씀하신 것도 주작전주께 전해드리겠습니다. 무슨 꿍꿍이인지는 모르겠지만, 부디 현명히 생각하시길 바라죠."

"어차피 미행하고 주시할 생각이잖아. 근데 안 그러는 게 좋을 거야. 난 상관없는데 애들이 좀 예민하거든."

"……다시 뵙는 날을 기다리죠."

붉은 옷의 여인들이 슬금슬금 물러났다.

그 와중에 심자홍의 시선이 언뜻 문수아에게 닿았다.

"……."

문수아는 고개를 숙이며 그녀의 시선을 회피했다. 작게 한숨을 내쉰 심자홍이 그대로 몸을 돌렸다.

여인들은 이내 인파 속으로 사라졌다.

"이제 어떻게 할 생각이세요, 선배?"

차수정이 물었다.

잠시 생각하던 적시운이 말했다.

"일단 세부 가서 좀 쉬자. 벌써부터 피곤한걸."

"네……?"

의아한 표정을 짓던 차수정이 이내 흠칫했다. 적시운의 이

마에 송골송골 땀이 맺혀 있었던 것이다.

필리핀의 기온이 높다고는 해도 지금은 겨울. 한국으로 치면 가을이나 봄 날씨에 가까웠다.

설령 여름처럼 덥다고 해도 적시운쯤 되는 이가 이 정도에 땀을 흘린다는 건 이해하기 힘들었다.

무엇보다 공항에서부터 딱히 뭔가를 한 게 없지 않던가.

아티샤와 밀리아를 치료해 줬다지만 그게 막대한 심력을 소모했을 리는 없었다. 비행기를 타는 동안에도 열차를 타는 동안에도 가만히 눈을 감고만 있었을 뿐. 그런데도 남들이 안 흘리는 땀을 흘린다는 건 이상했다.

"설마……."

차수정이 근심 가득한 얼굴로 말했다.

"선배, 몸에 뭔가 문제라도 생긴 건가요?"

6

"……!"

"……!"

일행 모두가 화들짝 놀라 두 사람을 돌아봤다. 정작 당사자인 적시운은 시큰둥한 표정이었지만.

"아니, 왜?"

"정말 아무 이상도 없는 거예요?"

"글쎄. 배 속이 약간 더부룩하긴 한데. 어쩌면 소화불량일지도 모르겠네."

"전 지금 진지해요."

피식 웃은 적시운이 차수정의 머리칼을 쓰다듬고는 걸어갔다.

앞이라도 가로막을까 고민하는 차수정이었으나, 이내 그렉이 손을 들어 그녀를 저지했다.

"뭔가 생각이 있을 거다."

"하지만……."

"오래전부터 후배였다면 우리보다도 그에 대해 잘 알고 있을 텐데?"

"그건……."

차수정의 얼굴에 씁쓸한 표정이 떠올랐다. 과거의 적시운은 말만 선배였을 뿐, 그녀와의 접점이 거의 없었던 까닭이다.

"아마 저는 여러분보다도 선배에 대해 아는 게 적을 거예요."

"그래도 알 만큼은 알 텐데?"

"정말로 그랬으면 좋겠네요."

나직이 한숨을 쉬는 차수정. 밀리아가 그녀의 어깨에 손을 얹었다.

"복잡하게 생각할 것 없어. 그냥 시운 님을 믿고 따르면

되는 거야."

"저도 당신처럼 단순한 성격이었다면 차라리 좋았을 것 같아요."

"그거, 욕이지?"

"칭찬이에요."

대강 대꾸하고서 걸음을 옮기는 차수정. 멍한 표정으로 바라보던 밀리아가 그렉에게 물었다

"저거, 칭찬 아니지?"

"칭찬이다, 너한테는."

"그건 또 무슨 뜻이야?"

"찬찬히 생각해 봐라. 너라면 어차피 얼마 안 가 뭘 생각하고 있었는지도 까먹겠지만."

"뭐가 어째?"

밀리아의 눈초리가 홱 올라갔다. 하지만 그렉의 말에 반박할 엄두는 나지 않았다. 본인이 생각하기에도 딱히 틀린 말은 아니었던 것이다. 결국 조용히 투덜거리기만 할 따름이었다.

"그게 나쁜 건 아니잖아?"

남북으로 길게 이어지는 세부 섬의 민족 구성은 여타 필리

핀 지역과는 확연히 차별되어 있었다.

시민의 과반이 일본계 혼혈. 물론 그 대부분은 일본-필리핀 혼혈이었다.

야쿠자 및 일본 정재계 인사들의 후손인 일본인들은 권력 서열의 상위권에 위치한다.

혼혈들은 바로 아래, 원주민이라 할 수 있는 필리핀인들은 하위권에 놓여 있었다.

중앙의 막탄 섬을 제외한 대부분의 지역은 야쿠자 파벌끼리 갈라 먹고 있는 상태.

결코 우호적이라고 할 수 없는 알력 다툼이 하루가 멀다 하고 이어지고 있었다.

배후의 실세인 주작전은 이러한 다툼에 일절 개입하지 않았다. 애초에 그들로선 굿이나 보고 떡이나 먹으면 그만이었던 것이다.

"다툼의 원인은 대개 한 가지예요. 어찌 보면 꽤나 전통적이라고도 할 수 있겠네요."

해저터널을 통과하고 반나절 뒤.

일행은 세부 내의 5성 호텔에 도착해 있었다.

"백색의 금가루, 마약이죠."

차수정의 설명이 이어졌다.

"동남아시아 및 남중국과 일본, 심지어는 한국까지의 마약 유통은 야쿠자들이 꽉 쥐고 있어요."

마수들의 강림. 그로 인한 몇 안 되는 순작용 중 하나가 마약 유통의 붕괴였다.

세상이 온통 오염되는 통에 마약의 원료가 되는 식물들이 재배될 만한 지리적 조건을 갖춘 국가의 씨가 말라 버렸다.

기존의 국제 유통망 또한 마수들로 인해 풍비박산 났다.

그런 가운데 사실상 온전히 남은 곳은 동남아시아가 유일했다.

부자는 망해도 삼대를 간다고, 일본을 떠나온 재력가들과 야쿠자들은 나름의 심혈을 기울여 유통망을 재구축했다.

"그 과정에서 중국 정부가 상당한 뒷돈을 챙겼다는 얘기가 있어요. 천무맹 휘하 조직이 이곳에 있는 것도 그와 무관하진 않을 테죠."

헨리에타가 미간을 찌푸렸다.

"자국민들까지 마약에 찌들게 하면서까지 이윤을 챙겼다는 건가요?"

"네, 인간의 본성을 생각해 보면 이상한 일도 아니죠."

차수정의 시선이 문수아를 스쳤다.

"아마 천무맹도 마약 유통을 통해 꽤나 챙겨 먹었을 거예요."

"흥."

나직이 코웃음을 치는 문수아. 그러나 가소롭다는 표정과 달리 눈빛에는 불안감이 드러나 있었다.

그것을 눈치챈 그렉이 넌지시 물었다.

"뭔가 문제라도 있나 보지?"

"딱히."

"눈은 다른 말을 하고 있는데."

"양키 코쟁이 주제에 관상가라도 된다는 듯 지껄이는군."

"상식적인 심리학 지식에 비춰 말한 것뿐이다. 예컨대 지금처럼 날 선 반응을 보인다는 건 정곡을 찔렸다는 의미이지."

"……."

"보아하니 이 호텔이 관련되어 있는 것 같군."

문수아는 적시운의 눈치를 살폈다. 정작 적시운은 로비에 비치된 의자에 앉아만 있을 뿐, 별 반응을 보이지 않았다.

"이곳은 요화란 님 소유의 호텔 중 하나야."

"요화란? 주작전주 말인가?"

"그래."

문수아의 얼굴에 냉소가 스쳤다.

"너희는 지금 범의 아가리 안에 들어와 있는 거라고."

"너희가 아니라 우리가 정확하겠군. 너도 이젠 한배를 탄 입장이니."

"내가? 너희와? 웃기지 마. 상황이 더럽게 꼬여서 이렇게 되어버렸다지만 나는 어디까지나 주작전의 무사야."

"그럼 왜 동료들을 따라가지 않았지?"

헨리에타의 질문에 문수아는 미간을 팍 구겼다.

"저 인간이 암시를 걸었으니까! 그것만 아니었다면 무조건 따라갔을 거야. 누가 네놈들이 좋아서 여기 남아 있는 줄 알아?"

"이게 정말!"

"밀리아 님은 가만히 계세요."

밀리아가 소매를 걷어붙이자 아티샤가 기다렸다는 듯 양팔을 붙들었다. 하루 이틀 일도 아니라는 듯 태평한 얼굴. 그녀는 밝은 미소로 일행을 돌아봤다.

"일단은 뭐 좀 먹으면서 얘기하시는 게 어떨까요? 다들 배가 고프셔서 예민한 것 같아요."

"일단 저년부터 손봐주고!"

"먼저 배부터 채우고요. 오는 길에 힐끔 봤는데 여기 레스토랑엔 해산물도 있는 것 같더라고요."

"정말?"

언제 화냈냐는 듯 귀를 쫑긋 세우는 밀리아. 덕분에 다른 이들도 맥이 탁 풀렸다.

"어떻게 하시겠어요, 선배?"

차수정이 물었다. 멍하니 창밖을 응시하던 적시운이 입을 뗐다.

"뭐를?"

"이 호텔, 들어보니 주작전의 영향 아래에 있는 모양인데요. 다른 곳으로 옮길까요? 아니면……."

"다른 곳이라고 다를 리도 없잖아. 어차피 이곳 건물의 대다수가 그 여자 소유일 텐데."

"그럼 그냥 이곳에 묵을까요?"

적시운이 고개를 끄덕였다. 차수정은 곧장 체크인을 하고서 키 카드를 일행에게 돌렸다. 그 와중에도 이래도 되나 하는 시선을 여러 번 보냈지만 적시운은 반응하지 않았다.

호텔은 대형 리조트를 겸하고 있었다. 디귿 자 형태로 세워진 건물의 안쪽으로는 대규모의 워터파크가 갖춰져 있었고, 그 너머로는 드넓은 해안이 펼쳐져 있었다.

한국에서는 더 이상 찾아볼 수 없는 에메랄드빛 바다. 마수에 의해 더럽혀지지 않은 해양이 그곳에 존재했다.

"먼저 올라갈 테니 알아서들 쉬어."

적시운은 키 카드를 받자마자 엘리베이터로 향했다. 뒤따라가 얘기를 나눠볼까 하는 생각이 들었으나 차수정은 일단 보류하기로 했다.

'나중에 얘기하는 게 낫겠어.'

그렉의 말도 있었던 데다 그녀 혼자만 오버하는 게 아닌가 싶기도 했다. 다른 동료들만큼 적시운에 대한 신뢰가 부족했던 건가 싶어 반성도 되었다.

'그래, 다른 사람도 아니고 선배니까…….'

일행은 그 자리에서 일단 해산했다. 아티샤와 밀리아는 레스토랑으로 향했고 헨리에타와 그렉은 본인들의 방으로 올라갔다.

결국 마지막에 로비에 남게 된 것은 문수아와 차수정. 가장 껄끄러운 관계의 두 사람이었다.

"그 상자, 선배한테서 받은 거지?"

문수아는 여전히 코어가 든 상자를 들고 있었다. 뭐라 대답할까 고민하던 그녀가 비웃는 쪽을 택했다.

"그래, 보아하니 적시운은 너보다도 나를 신뢰하는 모양이야."

"네게 심어둔 '그것'을 믿으시는 거겠지."

"흥."

"어쨌든…… 지금까지 경험한 게 있으니 느낀 바도 있겠지만 일단 경고해 두겠어. 허튼짓은 하지 않는 게 좋을 거야."

"너 따위가 경고씩이나 할 자격이 있다고 생각해?"

"너 정도가 대상이라면 못할 것도 없지."

냉랭한 얼굴로 대치한 두 여인.

차수정은 설하유운공의 기운을 끌어올렸다. 문수아 또한 천잠은사술과 연동되는 심공인 육안심법(六安心法)의 기운을 발했다.

팽팽하게 맞붙는 기운들. 그녀들의 기세에 주변 공간이 싸늘하게 식는 것만 같았다.

"내공은 제법이네. 어차피 그 남자한테서 선물 받은 것이겠지만."

문수아가 피식 웃었다.

"단순히 후배라고 해서 베풀어줬을 리는 없고, 무엇을 대가로 그런 힘을 얻었지? 몸이라도 바쳤나?"

"너……!"

"아, 비웃으려는 건 아냐. 내가 네 입장이었어도 그랬을지도 모르니. 뭐, 힘을 얻기 위해 뭐든지 할 수 있는 게 쓸데없는 체면이나 따지는 것보다는 나으니까."

"……."

"그럼 앞으로도 계속 꼬리를 살랑거리셔. 여기 오는 동안에도 제법 잘하던데."

차수정은 주먹이 하얘지도록 꽉 쥐었다. 하지만 문수아를 냅다 후려갈기진 않았다. 그건 아마 그녀가 바라는 일일 테니까.

"미안하지만 그런 싸구려 도발에 넘어갈 만큼 멍청하진 않아."

"흥."

흥이 식었다는 듯 문수아가 몸을 돌렸다.

"그리고 너도 알고 있을 거라 믿어."

차수정은 그녀의 등 뒤를 향해 말했다.

"천무맹은 네가 생각하는 그런 조직이 아니라는 것을."

"……."

문수아는 돌아보지 않은 채 걸음을 옮겼다.

방으로 돌아온 그녀는 침대에 몸을 뉘었다.

3인용 고급 스위트룸.

아티샤, 밀리아와 함께 쓰도록 배정되었으나 두 사람은 레스토랑으로 향한 상황. 결국 방 안에는 그녀만이 홀로 있었다.

'암시가 약해진 걸까?'

여객기에 타던 때부터 조금씩 피어나던 의혹. 공항과 해저터널을 거치면서 구체화된 그것은, 호텔에서 어느 정도 확실해졌다.

대화가 이어지는 내내 은밀히 적시운에게 살기를 쏘아 보냈었던 것이다.

아무도 그 사실을 알지 못했다. 최소한 적시운만큼은 알고 있었을지도 모른다. 하나 그 또한 표면적으로는 어떤 반응도 보이지 않았다.

'원래대로라면 암시 때문에라도 살기를 쏘아낼 수 없었어야 해.'

한데 아무런 심적, 육체적 거부반응 없이도 살기를 보낼 수 있었다. 적시운에게 욕 한 마디 할 수 없던 이전과는 전혀 다른 상황이었다.

'만약 그가 심어놓은 고독이 사라진 거라면? 사라지진 않더라도 모종의 이유로 인해 무효화되었다면……?'

차수정은 적시운의 몸에 이상이 있지 않나 의심했었다. 문수아가 보기에도 지금의 적시운은 어딘지 모르게 이상했다. 만약 그 가정이 사실이라면…….

"천무맹의 품으로 돌아갈 수 있어."

이 호텔뿐 아니라 세부 내의 모든 고급 호텔은 주작전의 영향하에 있다. 더불어 각 호텔엔 최소 한 명 이상의 주작전 무사가 배치되어 있었다. 마음만 먹으면 언제라도 알릴 수 있는 것이다.

아니, 어쩌면 이미 알고 있을지도 모를 일이었다.

그렇다면 남는 문제는 하나. 이 상황 자체가 적시운의 함정이 아닌가 하는 것이었다.

"……."

그녀의 시선이 옆으로 향했다. 부드러운 침대보 위에 놓인 상자 하나. 적시운이 그녀에게 맡긴 코어가 그 안에 담겨 있었다.

"……."

잠시 고민하던 문수아의 손이 상자로 향했다.

7

"적시운이 사라졌다."

이튿날 점심 무렵, 일행을 불러 모은 그렉이 말했다.

"그게 뭔 소리야?"

시큰둥하게 묻는 밀리아. 아직도 비몽사몽인지 눈이 게슴츠레하게 풀려 있었다.

"나와 적시운이 같은 방을 쓴다는 건 알 테지? 아침에 일어나 보니 그가 없었다."

"어디 잠깐 나가셨겠지."

"아무런 얘기도 없이?"

"자주 그러시잖아? 한두 번 겪는 일도 아닌데 왜 호들갑이야?"

"타이밍이 미묘해서 그렇다."

그렉의 시선이 문수아에게로 향했다.

"네게도 아무런 언질이 없었나?"

"왜 나한테 그걸 묻지? 그 인간의 동료는 내가 아니라 너희들인데.”

“코어가 든 상자, 아직 가지고 있나?”

문수아의 표정이 경직됐다.

“……그래.”

“꺼내봐라.”

문수아가 주머니에서 상자를 꺼냈다. 그렉이 손을 내밀었지만 그녀는 표정을 굳힌 채 주저하기만 했다.

“내놔봐.”

“없어.”

“무슨 뜻이지?”

“이 안에 아무것도 없다고.”

그렉이 문수아의 손에서 상자를 낚아챘다. 그 서슬에 상자가 허무하게 열렸다. 그녀의 말마따나 안은 텅 비어 있었다.

그렉의 미간이 일그러졌다.

“이미 상자를 열어봤군.”

“말했잖아. 아무것도 없다고. 그걸 내가 어떻게 알았겠어? 열어봤으니 안 거지.”

“밀리아, 아티샤. 이 여자를 제대로 감시한 건가?”

“응? 아니, 그게…….”

졸지에 불똥이 튄 밀리아가 머리를 긁적였다.

“시운 님이 그, 뭔가를 해두셨다니까 그걸 믿고서…… 그러니까…….”

“그 적시운이 자취를 감췄다. 이 여자가 맡고 있던 코어는 사라졌고.”

“그러니까 코어 같은 건 처음부터 없었다니까?”

“네 말을 믿을 거라 생각하나?”

마주 선 채 서로를 노려보는 두 사람. 아티샤와 헨리에타가 일단 둘 사이로 끼어들었다.

“진정하고 일단 기다리기로 해요. 시운 님이 잠시 자리를 비운 것뿐일지도 모르잖아요?”

“그래, 크라켄의 코어도 그냥 페이크였을 가능성이 높아. 그런 중요한 걸 대충 맡겼다는 건 말이 안 되잖아?”

“…….”

“일단은 기다리자고. 시간이 지난 후에 판단해도 늦지 않을 문제니까. 그렇지, 수정 씨?”

한동안 대답이 없던 차수정이 뒤늦게 고개를 끄덕였다.

“그래요. ……일단은.”

“그렇게 말한다면, 알겠다.”

다음 날 아침까지도 적시운은 나타나지 않았다.

그다음, 다음다음 날에도.

이쯤 되니 일행으로서도 느낌이 싸해질 수밖에 없었다.

그리고 나흘째 되는 날.

붉은 무복을 차려입은 일련의 무리가 호텔 로비에 나타났다.

선두에 선 이는 검은 원피스 차림의 미녀. 짙은 화장을 한 그녀의 곁으로 수수한 외모의 여성이 따라붙었다.

"불러올까요?"

"응."

여인이 카운터로 다가가 명령을 내렸다. 직원 몇 명이 황급히 엘리베이터를 타고 위층으로 올라갔다.

이윽고 다국적으로 구성된 또 다른 일행이 로비로 내려왔다. 차수정 일행이었다.

"이렇게 만나는 건 처음이던가? 아, 물론 자홍은 너희와 구면일 테지."

심자홍과 문수아와 마찬가지로 유창한 한국어. 그녀를 바라보는 문수아의 눈빛이 심하게 흔들렸다.

"딱히 필요는 없겠지만 일단 말은 해두지. 나 요화란이야. 너희가 찾고 있을 주작전의 수좌."

"……."

"좀 더 시간을 두고 느긋하게 지켜볼까 했는데 더는 안 되겠더군. 너희가 뭔가 액션을 취할 거라 생각했는데, 나흘 내내 호텔에만 처박혀 있기만 하더라고?"

차수정이 한 걸음 앞으로 나섰다.

힐끔 그녀를 본 요화란의 눈에 이채가 스쳤으나 금세 사라졌다.

"너한테는 용건 없는데."

"적시운 선배를 찾아왔겠지?"

"그래, 그 남자는 어디에 있지?"

"대단하신 흑살도후도 선배의 위치를 찾아내진 못한 모양이네?"

요화란의 눈빛이 싸늘하게 식었다.

"한 번만 더 그렇게 부르면 입부터 찢어줄게."

차수정은 해볼 테면 해보라고 말하려 했다. 하지만 요화란의 눈빛을 본 순간 목구멍까지 올라온 말이 도로 들어가 버렸다.

격이 다른 존재. S랭크 이능력자에게서나 느낄 수 있었던 압박감이 요화란에게서 느껴졌다.

"네년은 꺼지고 그 남자나 데리고 와."

차수정이 움찔했다. 하마터면 뒷걸음질을 칠 뻔했으나 그녀는 가까스로 충동을 억눌렀다.

그 반응을 본 요화란이 픽 웃었다.

"고집은 제법이네. 그래 봤자 명줄만 단축시킬 뿐이겠지만."

"당신……!"

"그만. 거기까지는 넓은 아량으로 이해해 주지. 근데 더 지껄이진 마. 입이 찢어져."

"……."

차수정은 이를 악물었다. 적시운의 부재가 이렇게까지 크게 다가올 줄은 몰랐다. 그만큼 자신들이 얼마나 그에게 의존하고 있었는지도 실감이 되었다.

'선배가 없는 지금은 내가…….'

그녀는 주변을 살폈다. 만약 여기서 전투를 벌이게 된다면 어떻게 해야 할지 고민하며.

턱.

어깨에 손이 얹혔다. 흠칫하여 돌아보니 헨리에타였다. 눈짓을 살짝 보낸 그녀가 요화란을 향해 말했다.

"적시운은 지금 이곳에 없어."

요화란이 시큰둥하게 고개를 기울였다.

"넌 또 뭐지?"

"헨리에타 테일러. 적시운의 동료야."

"아, 그래. 뭐가 됐든 뭔 상관이람. 여하간 그가 없다는 건, 너희를 모조리 쳐 죽여도 뒤탈이 없으리란 뜻이군."

"우리에게 협박은 통하지 않아."

"정말 그럴까?"

요화란이 입술을 핥았다. 내내 나른하던 그녀의 눈동자에 귀기가 어렸으나 헨리에타는 평정심을 유지했다.

"우리와 싸우고자 했다면 진작 했겠지. 12강이라 불리는 천무맹 안의 다른 무리의 힘까지 빌렸을 테고. 설령 그러지 않더라도 되도록 빠르게 결착을 보고 싶었을 거야. 안 그래?"

"그렇지 않다면?"

"우리가 잘못 판단한 거겠지. 좋을 대로 해봐."

"흠."

요화란이 팔짱을 꼈다.

"수아."

뒤쪽에서 안절부절못하던 문수아가 움찔했다.

"……네, 화란 님."

"저것들이 지껄인 말이 모두 사실이야?"

"그렇습니다."

"그 남자는 대체 어딜 간 건데?"

"그건 저희도 모릅니다. 이곳에 도착한 다음 날에 홀연히 사라져 버렸습니다."

"이리로 와봐."

잠시 주저하던 문수아가 걸음을 떼었다. 하나 두 걸음도 채 못가 그렉에게 가로막혔다.

"이 여자는 우리 관할이다. 네 멋대로 데려가거나 명령할 순 없다."

"하."

요화란이 헛웃음을 뱉었다.

"상우천 같은 핫바지 하나 처치했다고 천무맹 12강을 우습게 보는군. 그럼 너희 모두를 쳐 죽이고서 수아를 데려갈까?"

그렉이 대꾸하려는 찰나, 문수아가 그를 밀치고서 요화란의 앞으로 걸어갔다. 그녀를 붙들려는 그렉을 밀리아가 가로막았다.

"무슨……."

"이 멍청아! 지금 다가갔다간 죽는단 말이야!"

밀리아가 긴장된 얼굴로 윽박질렀다. 그것을 본 요화란이 피식 웃었다.

"너는 좀 감이 좋구나. 하긴 그러게 생겨먹었네."

"……."

밀리아는 대꾸하지 않은 채 그녀를 노려봤다. 열불을 내며 노발대발했을 평소와는 전혀 다른 반응.

그제야 그렉도 뭔가가 있구나 싶어 입을 다물었다.

문수아가 요화란 앞에 섰다. 요화란의 손이 그녀의 옷섶을 헤치고 안으로 들어갔다. 가슴을 비롯한 몸 곳곳을 더듬는 손길에 문수아의 얼굴이 붉어졌다.

"화란 님……?"

요화란이 혀를 내밀어 문수아의 목덜미를 핥았다. 흠칫 몸을 떠는 그녀의 귓가로 검붉은 입술이 다가갔다.

"내게 거짓말을 했구나."

"네?"

"몸속을 살펴봐도 고독 같은 건 느껴지지 않아. 그렇다는 건 둘 중의 하나라는 거겠지. 나조차 눈치채지 못할 만큼 월등한 수준의 고독이 심어졌거나, 네가 거짓말을 하고 있거나."

스릉.

접촉해 있음에도 가까스로 느껴질 만큼 희미한 금속음.

요화란의 애병인 쌍도 '흑월(黑月)'과 '삭월(朔月)'이 기지개를 켜는 소리였다.

"화란 님……!"

"그 남자 어디 있어?"

대답하지 않으면 목이 달아난다. 대답을 하더라도 만족스럽지 않으면 역시나 목이 달아난다.

그 사실을 알고 있는 문수아의 얼굴이 창백하게 질렸다.

"그게……."

"늦었어."

옷섶에서 빠져나온 요화란의 양손이 허리춤으로 향했다.

그 순간 차수정이 그녀를 향해 뛰어들었다.

"적당히 해!"

스스스슥!

나뭇가지처럼 허공에서 응결되는 얼음창. 안 그래도 습한 필리핀의 기후 덕에 얼음창은 평소보다도 크고 강하게 뻗어 나왔다.

"느려."

요화란이 손짓을 했다. 쩍 하는 소리와 함께 얼음창이 간단히 양단되었다.

"이기어검! 그녀는 이기어검의 달인이야!"

문수아가 외친 순간 두 줄기의 핏물이 솟구쳤다. 하나는 문수아의 가슴팍에서, 다른 하나는 차수정의 등허리에서.

"큭!"

차수정은 앞으로 몸을 굴리고서 드러누웠다. 정면으로 쇄도하는 시커먼 도신이 눈에 들어왔다.

"차앗!"

장식용 스탠드를 뽑아 든 밀리아가 냅다 휘둘렀다. 길이 50㎝가량의 비도가 튕겨져 날아갔다.

좌르륵!

문수아 역시 은사를 펼쳤다. 이렇게 된 이상 요화란을 설득한다는 건 사실상 불가능하다는 걸 알기 때문이었다.

다행히 가슴의 상처는 깊지 않았다. 삭월이 파고든 순간 반사적으로 몸을 뒤로 빼낸 덕분이었다.

"……!"

심자홍을 비롯한 주작전 무사들이 달려들 태세를 취했다.

하나 그들이 움직이기에 앞서 요화란이 손을 들었다.

"끼지 마. 좀 놀게."

"하지만……."

"너희도 걸레짝 되고 싶니?"

"죄송합니다."

묵례를 한 심자홍이 수하들에게 명령을 내렸다. 이내 직원들이 대피하고 방범용 셔터가 내려갔다. 그사이 문수아와 차수정이 일행과 합류했다.

"정보가 될 만한 걸 있는 대로 말해라. 저 여자의 전투 방식, 버릇, 그 외의 도움이 될 만한 건 뭐든지."

그렉이 채근하는 동안 아티샤가 문수아의 상처 부위를 압박했다.

"조금 전에 봤듯이 두 자루의 비도를 자유자재로 다뤄. 성격은 물론 잔혹무도하고…… 게다가……."

왈칵!

문수아가 피를 토했다. 차수정의 얼굴 또한 파란빛으로 물들어 있었다.

"두 자루 비도에는…… 서로 다른 독이 발려 있어."

"서로 다른 독이라고?"

"내가 이어서 설명해 줄게."

요화란의 목소리였다. 그녀는 느긋하게 손가락 끝으로 비도를 빙빙 돌리고 있었다.

"이 흑월에는 신경독이, 삭월에는 마비독이 발라져 있어. 그래도 너무 걱정할 건 없어. 둘 다 생명을 단번에 빼앗는 종류는 아니거든. 싱겁게 죽어서야 재미도 못 보잖아?"

"이런 개같이 미친년!"

밀리아의 일갈에 요화란이 눈살을 찌푸렸다. 아티샤와 헨리에타가 두 사람의 상처 부위를 손으로 쥐어짰다. 시커먼 핏물이 꿀렁거리며 흘러나왔다.

"응급처치에 집중해라. 저 여자는 나와 밀리아가 맡겠다."

그렉과 밀리아가 앞으로 걸어갔다. 요화란은 가소롭다는 눈으로 두 사람을 바라봤다.

"너희를 죽이진 않을 거야. 살려둬야 그 남자와 딜을 할 때 유용하게 써먹을 수 있을 것 같거든."

"퍽이나 고맙구나, 미친년아."

"……그 전에 일단 네년의 입은 위아래로 찢어놓아야 할 것 같구나. 기왕 하는 김에 혀까지 뽑아주지."

"어디 해보시지!"

두 사람이 동시에 신형을 쏘았다.

8

쿵!

인피니트 크라켄이 쓰러지고 공격대의 모두가 환호성을 토하고 있던 순간.

천마는 적시운에게 넌지시 말을 건넸다.

[저 문어 놈의 영단, 어찌할 생각인가?]

'글쎄…….'

적시운은 미적지근한 반응만 보였다. 그럴 수밖에 없는 게, 이미 축적한 내공만으로도 육체가 임계점에 다다랐던 것이다.

그릇에 가득 찬 물은 넘치는 법이고 밀폐된 공간 내부의 압력이 상승하다 보면 터져 나가는 법이다. 적시운의 육체는 기압이 한계치에 다다른 밀폐 공간과 같았다.

'가장 좋은 길은 역시 이능력 강화에 이용하는 거겠지.'

다른 사람에게 사용하는 건 역시 꺼려졌다. 단순히 신뢰나 신용의 문제가 아니라 능력 자체의 문제였다.

'그렉이나 차수정이 그나마 재능이 있는 편이지만, 걔네로서도 이 정도 에너지를 감당할 여력은 되지 못할 거야.'

[음.]

'대기업이 둘이나 뒤에 있으니 거래에 쓸 필요도 없고, 결

국은 나중을 위해 남겨두거나 이능력 강화에 이용하는 길밖에 없겠지.'

[거기다 쓰진 말게.]

'응?'

[이능력이니 뭐니 해봤자 결국 물건 휙휙 날려대는 수준 아닌가? 허공섭물 좀 잘하게 된다고 뭐가 나아지겠나.]

'…….'

[그러지 말고 모험을 한번 해보지 않겠나?]

'모험이라니?'

[벽을 깨는 걸세.]

천마가 진지한 어조로 말을 이었다.

[심마(心魔)를 이겨내고서 말일세.]

짱그랑!

스탠드가 깨지며 유리 조각이 사방으로 비산했다. 튀어 오르는 조각들을 밀리아가 발로 차냈다. 투명한 표창들이 요화란의 얼굴을 덮쳐 들어갔다.

"훗!"

코웃음을 친 요화란이 손가락을 튕겼다. 유리 조각들은 그녀의 근처에 닿기도 전에 가루가 되어 흩어졌다.

그사이 그렉이 치고 들어갔다.

옆구리 아래의 사각. 하나 요화란은 돌아보지도 않은 채 웃었다.

"너무 뻔해."

짤랑!

천장의 샹들리에가 그렉의 머리 위로 떨어져 내렸다. 단순한 추락이 아닌, 중력 이외의 추가적인 가속도까지 더해진 스피드.

무시하기엔 너무나 빠르고 육중했다.

콰직!

산산이 조각나는 샹들리에. 그 파편을 피해 몸을 굴린 그렉의 앞에 요화란이 있었다.

"안녕?"

퍽!

턱을 후려 차인 그렉이 바닥을 굴렀다. 뒤따라 흑월을 찍으려는 요화란의 앞으로 밀리아가 달려들었다.

"꺼져!"

어디서 뽑아왔는지 큼직한 철골이 그녀의 손에 들려 있었다.

"개그 하니, 너네?"

"닥쳐!"

피식 웃은 요화란의 시선이 그렉에게로 향했다. 몸을 일으키는 그의 입가에서 선혈이 흘러내렸다.

"몸을 빼서 충격을 줄였네? 전투 센스는 제법인걸. 그것만으로는 소용없다는 게 문제지만."

그렉은 대꾸하지 않고서 손을 뻗었다. 뭔가가 집히자마자 냅다 던지고 보니 꽃병이었다.

요화란은 웃음을 터뜨리며 병을 쳐 냈다.

"너희 나 웃겨 죽이려고 그러는 거지?"

"닥치라니까!"

재차 덤벼들려던 밀리아의 몸이 덜컥 흔들렸다. 고개를 돌린 그녀의 어깨 위에서 시커먼 도신이 파르르 떨렸다.

"말했지? 입도 찢고 혀도 뽑아줄 거라고. 조금만 기다려. 성심성의껏 해줄 테니까."

"개소리……."

억지로 걸음을 옮기려던 밀리아가 그대로 고꾸라졌다. 그녀의 몸에서 스르륵 뽑혀 나온 비도 흑월이 그렉의 눈앞에서 까닥거렸다.

"너 하나 남았네?"

"아직 아니야."

타앙!

총탄에 맞은 흑월이 튕겨 날아갔다. 헨리에타와 아티샤가 그렉의 옆에 섰다.

"총을 가져왔나?"

"호신용 권총뿐이야."

그렉의 질문에 헨리에타가 대답했다.

"없는 것보단 낫겠지."

"틀렸어."

요화란이 짓쳐 들며 대꾸했다.

세 사람이 반사적으로 반격하려 했으나 그녀보다도 빠르게 달려드는 비도들 때문에 도리어 물러났다.

"그게 너희 실수야."

퍼퍽!

복부를 가격당한 아티샤와 헨리에타가 주르륵 미끄러졌다. 주먹을 회수한 요화란이 그대로 신형을 회전시켰다.

그렉 역시 변변한 공세 한 번 취하지 못한 채 바닥을 굴렀다.

"내가 말했잖아. 죽이지는 않겠다고. 그렇다면 그 메리트를 최대한 이용해야 하는 것 아냐? 목숨 아까운 줄 아니까 과감하게 덤벼들질 못하는 거야."

치가 떨릴 정도의 격차.

A급 마수들을 잡던 시절의 감각이 새삼 깨어나는 것만 같았다.

"인간의 형상을 한 마수."

그렉의 말에 두 사람이 고개를 돌렸다.

"그렇게 생각하고 사냥해 보자."

환골탈태.

극한까지 육체를 단련시킨 고수에게 일어나는 현상.

그 방식과 과정은 무공의 성질 및 사문에 따라 다양하지만, 요약하자면 대체로 다음과 같이 말할 수 있다.

세포 단위의 육체 재구성.

[상, 중, 하단전과 근골, 그 외에도 자네의 몸을 구성하는 내장 기관들은 일정한 한계를 지니고 있네. 환골탈태는 육체를 재탄생시킴으로써 그 한계의 폭을 넓히는 과정이지.]

"나도 대략적인 개념 정도는 알아. 중요한 점은 따로 있다는 것도."

휘이이이.

바람이 불어오는 아파트 옥상. 적시운은 쏟아지는 별빛 아래에 서 있었다.

"세상에 공짜는 없는 법이지. 그렇게 이점만 넘쳐 나는 방법이 있다면 개나 소나 초고수가 됐겠지."

[제대로 봤네. 환골탈태는 고수의 육체가 한계에 다다랐을 때에나 일어나는 것. 뼈가 끊어지고 근육이 파열될 정도의 노력을 수반하는 경험일세.]

"그런데?"

[자네도 알다시피 천마신교는 중화 무림에 대항하는 세외 세력들의 연합체였네. 그중엔 밀교를 비롯한 토착 종교들과 사교라 불려도 할 말이 없는 무리들도 포함되어 있었네.]

"그리고?"

[본좌는 그중 상당수의 사술에 대한 지식도 보유하고 있네. 괜히 자네에게 격체신진술을 펼쳤던 게 아니지.]

"그러니까……."

적시운은 팔짱을 꼈다.

"지금까지 나온 얘기를 종합하자면 이거군. 환골탈태는 바란다고 쉽게 이룰 수 있는 게 아니다. 하지만 댁이 알고 있는 사교의 술법 중엔 그걸 가능케 하는 것이 존재한다."

[정확하네.]

"당연히 부작용도 있겠지?"

[첫째로는 대량의 내공이 필요하네. 족히 수 갑자에 이르는, 여간한 고수조차 꿈도 못 꿀 만큼의 내공이.]

"첫째가 있다는 건 둘째, 셋째도 있다는 거잖아?"

[다행히도 둘뿐일세.]

"……전혀 다행이라고 느껴지질 않는데. 어쨌든 두 번째는 뭐지?"

[앞서도 말했잖은가.]

"심마……?"

[그렇다네.]

천마가 진중히 고개를 끄덕였다.

[자네는 지금껏 경험하지 못한 시련을 겪어야 할 걸세.]

"천무맹주는 좀 어떻소?"

마천루의 숲속, 탁 트인 도시의 전경이 내려다보이는 고층 레스토랑.

두 사내가 커피를 마시며 앉아 있었다.

한쪽은 중화당의 주석 심인평. 거물 중의 거물이자 중국의 10억 인구를 이끄는 사내였다.

다른 한쪽은 2미터는 됨직한 거한. 그러나 보통의 거구들과는 달리 이지적이고 차분한 분위기를 풍기고 있었다.

"폐관 수련은 그리 간단히 결실을 볼 수 있는 일이 아닙니다. 특히나 맹주와 같은 초고수일수록 더더욱 그렇지요."

"여하간 별도의 움직임은 보이지 않고 있단 말씀이군."

"맹주의 행보가 신경 쓰이십니까?"

"신경 쓰이지 않는다면 그게 우스운 일 아니겠소?"

쓴웃음을 지은 심인평이 고개를 돌렸다.

"묘족들의 처리는……."

"완벽하게 마무리했습니다."

"과연 천무맹, 과연 제석천이로군."

거구의 사내, 제석천은 엷은 미소만을 지어 보일 따름이었다.

"천무맹 측에 건넬 정보가 있다고 들었습니다만."

"그렇소. 적시운과 관련된 정보지."

"……."

"표정을 보아하니 이미 알고 계신 모양이군."

"개인적으로는 그렇지만 공식적으로는 아닙니다. 주석께서 건네실 정보는 천무맹에 있어 큰 도움이 될 것입니다."

"미묘한 말씀이군. 개인적으로는 알고 있으나 공식적으로는 아니라니……."

"좀 더 명확히 표현하자면, 무백노사와 맹주께선 알지 못하십니다."

"그렇소?"

"예, 최근에는 천문을 읽지도 않았으니 확실합니다."

"천문이라……."

심인평이 잔을 들었다. 에스프레소의 향과 맛이 오늘따라

더욱 썼다.

“결국은 하늘을 보고 점을 치는 것이잖소?”

“천리를 읽어 현실을 간파하는 일이지요.”

“점성술사……. 무당들이나 할 법한 술법이군. 참 우스운 일 아니오? 22세기의 세계 최강국을 좌우하는 세력의 수장이, 한낱 무당에 불과한 늙은이라니.”

“예로부터 권력과 미신은 떼려야 뗄 수 없는 관계였습니다.”

“예로부터가 아니라 그저 옛날얘기일 뿐이잖소.”

“꼭 그렇지만도 않습니다.”

“……하긴, 지금 이 순간에도 버젓이 일어나고 있는 일이니.”

심인평이 나직이 한숨을 쉬었다.

“혹 제석천께서도 그런 술법에 능통하시오?”

“노사의 수준엔 미치지 못합니다. 그저 현존하는 세계의 기운을 미세하게나마 읽을 수 있을 따름이지요.”

“필리핀에 있는 적시운을 치지 않는 것도 그와 관련이 있소?”

제석천은 고개를 저었다.

“그저 동도에게 기회를 주었을 뿐입니다.”

“동도라……. 필리핀은 주작전의 영토지. 결국 주작전주 요화란에게 기회를 준 셈이라는 건데, 귀하와 그녀가 그리 친한 사이로 보이진 않소만.”

“사적인 감정을 일체 배제한 판단입니다. 게다가 그 기회란 것이 꼭 좋기만 한 것도 아니지요."

제석천의 입가에 희미한 미소가 맺혔다.

"제가 그녀에게 준 것은, 성공의 기회인 동시에 파멸의 기회이기도 하니 말입니다."

호텔 앞으로 군중들이 군집해 있었다.

사이렌을 켜고 들이쳐 온 세부 경찰들이 군중들을 밀어내고 폴리스 라인을 쳤다.

콰광! 쾅!

내부에서 연신 터져 나오는 굉음.

호텔 건물이 들썩거릴 정도의 충격파에 사람들이 비명을 삼켰다.

콰직!

콘크리트 벽이 박살 나며 무언가가 굴러 나왔다. 먼지를 잔뜩 뒤집어쓴 여성이었다.

사람들이 기겁하는 사이에 그녀는 경찰들에게로 달려들었다.

"우, 우앗!"

엉겁결에 권총을 뽑아 드는 경찰들. 다음 순간 바람이 그들의 손을 빠르게 스쳤다.

"좀 빌릴게요!"

상황에 어울리지 않게 예의 바른 음성. 하지만 한국어였던 지라 뜻을 알아들은 이는 많지 않았다.

아티샤는 빠르게 약실을 살폈다. 실탄이 실려 있음을 확인한 그녀가 곧장 구멍 안으로 몸을 날렸다.

탕탕탕!

허공에서 불꽃이 튀었다. 두 자루 비도가 총탄을 튕겨낸 것이었다.

"하앗!"

그사이 헨리에타가 요화란에게 달려들었다. 그녀가 비도와 떨어져 있는 지금이 기회라는 판단이었으나, 요화란은 여전히 여유로웠다.

"둔하고 약해."

퍽!

달려든 기세 그대로 튕겨 나가는 헨리에타.

그렉이 뒤이어 덤벼들었으나 요화란은 한 손만으로 그의 공세를 모조리 막아냈다.

"벼락치기로 익힌 가짜 따위에 당할 만큼 반만년 역사의 중화 무공은 허접하지 않단다!"

쩌억!

턱을 격타당한 그렉의 몸이 삐걱거렸다. 요화란이 결정타를 먹이려는 찰나, 헨리에타와 아티샤가 황급히 쇄도했다.

"그럴 줄 알았어."

서걱!

두 여인의 몸에서 핏물이 솟구쳤다. 피의 궤적을 허공에 그려낸 흑월과 삭월이 나비처럼 요화란의 손아귀로 날아들었다. 그녀들은 몇 초를 버티지 못하고서 파래진 얼굴로 쓰러졌다.

"이제 남은 건 너 하나뿐이네?"

요화란이 생글생글 웃으며 말했다.

그렉은 이를 악물었다.

9

"오빠, 무슨 고민을 그렇게 해?"

"응?"

적시운은 고개를 들었다. 세 모녀가 근심스러운 표정으로 바라보고 있었다.

조금 뒤에야 저녁 식사 중이었다는 사실이 떠올랐다. 자신이 밥을 먹다 말고 멍하니 있었다는 사실도. 이게 사실은 지금 벌어지고 있는 일이 아니라는 것도.

며칠 전, 한국을 떠나오기 전날의 기억이었다.

'그러면 지금은?'

적시운은 눈을 떴다. 어둠만이 망막으로 쏟아져 들어오고 있었다.

밀폐된 공간 속.

아마 세부의 어딘가에 있는 인적 드문 장소일 것임이 분명했다.

"……."

손가락 하나 까딱할 수 없었다. 숨을 쉬고 있다는 게 기적처럼만 느껴졌다.

[축하하네.]

마음속, 혹은 머릿속 어딘가에서 천마가 속삭였다. 근 사흘 만에 듣는 목소리였다.

[자네는 심마를 이겨내고 벽을 깨뜨렸네.]

'듣던 중 반가운 얘기네. 그런데 왜 몸은 이 모양이지?'

[우선은 모든 내공을 소모했기 때문이며, 새 육체에 익숙해지지 않았기 때문이기도 하네.]

적시운은 가만히 심호흡을 했다. 답답한 공기나마 폐부로 스며들어 오니 지난 며칠간의 기억이 떠오르는 듯했다.

'심마.'

적시운은 천마의 제안을 받아들였다. 인위적으로 환골탈

태를 시도하기로 한 것이다.

[환골탈태 과정에선 기존에 자네가 보유하던 내공이 모조리 소모될 것이네. 모든 과정이 끝나고 난 뒤, 새로운 육체는 텅 빈 상태일 테지.]

'그때 인피니트 크라켄의 코어를 사용한다는 거지?'

[그렇다네. 그 정도의 영단이라면 기력을 회복하는 것은 물론이요, 새 육체를 안정화시킴에 있어서도 충분할 걸세.]

적시운은 천마의 말을 따르기로 했다.

'그럼 필리핀으로 향하는 건 좀 미뤄야겠군.'

[그럴 필요 없다네.]

천마가 가볍게 단언했다.

[모든 과정은 길어야 하루 이틀 내에 끝날 터. 자네가 남국에 도착할 무렵이면 모든 게 끝나 있을 걸세.]

'이쪽 계획도 그대로 끌고 가자고?'

[굳이 시간 낭비를 할 필요는 없지 않겠나? 그렇다면 최대한 효율적으로 일을 처리하는 게 좋겠지.]

'아까는 위험 요소가 둘이나 된다며?'

[둘 다 보완이 가능하잖나. 내공 소모 및 그 과정에서 생기는 불

상사야 자네 수하들이 처리하면 되고, 심마의 경우엔 본좌가 도와줄 수 있을 것이네.]

'흐음.'

적시운은 시큰둥한 반응이었다. 굳이 천마의 말을 따를 필요 없이, 시간을 들여 신중하게 가더라도 문제 될 게 없었던 것이다.

반대로 효율을 생각한다면 천마의 말을 따르는 것도 나쁘지 않았다. 대한민국과 데몬 오더의 입장에선 한시라도 빠르게 강해져야 할 필요가 있기도 했고.

'게다가 걔들도 실전 좀 치러봐야 하긴 하지.'

적시운에게 묻혀서 그렇지 차수정을 비롯한 이들도 결코 약하지 않았다. 그들 서너 명만으로도 어지간한 대형 길드쯤은 구워삶고도 남을 터였다.

'게다가…….'

문수아라는 카드는 되도록 빨리 사용하는 편이 좋았다. 조금만 시간이 지나면 주작전 측에서 이상을 눈치챌 것이었기 때문이다.

'……정말 부작용은 없는 거지? 당신이 도와준다면 심마 가지고 문제 될 일은 없는 거지?'

[본좌를 믿게.]

천마가 자신만만하게 대답했다.

[이미 천 년도 전에 다 겪어본 일이니 말일세.]

'……라고 큰소리칠 때는 언제고.'

모든 기억을 떠올린 적시운이 나직이 중얼거렸다.

처음엔 모든 게 순조로웠다. 인피니트 크라켄의 코어를 미끼 삼아 천무맹 측 움직임을 끌어내겠다는 계획 역시 상당히 그럴싸했다.

물론 이것은 어디까지나 페이크. 코어는 적시운이 날름 삼킬 생각이었지만, 저쪽이 그걸 간파할 수도 없는 노릇이니 상관없었다.

문수아를 이용해 요화란을 흔든 것도 나쁜 생각은 아니었다.

문수아에 의하면 그녀는 야심과 욕망이 매우 크다고 했다. 천무맹을 충성이 아닌 이용의 대상으로 본다는 것도. 그렇다면 적시운에게 추파를 던져 올 가능성도 낮지 않았다. 때문에 코어라는 미끼가 통하지 않더라도 접촉해 올 구실을 만들어 둔 것이다.

'거기까진 좋았지.'

문제는 비행기에 오른 직후.

천마의 주도하에 인위적 환골탈태에 들어간 다음부터였다.

[격체신진술을 만들어낸 밀교는 인간의 육체를 대상으로 다양한 사술을 시험하던 천인공노할 놈들이었지. 하지만 놈들이 보유한 술법과 지식만큼은 진짜였어.]

'알았으니까 요점만 말해봐.'

[본 의식에 앞서 준비 과정이 필요하네. 정신을 집중하고 외부의 간섭을 차단하게.]

적시운은 일행에게 건드리지 말라고 말하고서 명상에 들어갔다.

문제는 거기서부터 시작됐다. 심마가 예상보다도 빠르게 적시운을 엄습했던 것이다.

천마가 이를 예상하지 못했던 것도 당연했다.

적시운의 의식을 찌르고 들어온 심마의 본질은 적시운 자신이 아니었기 때문이다.

천마였다.

오래전 격체신진술을 펼치는 과정에서 적시운에게 흘러들어 간 수많은 지식과 정보. 그 안에는 천마 본인의 인격과 기억들도 고스란히 녹아 있었다. 그의 무의식 속에 남은 욕망과 미련 역시.

[이대로 죽고 싶진 않았다. 본좌의 생애는 그곳에서 끝날 운명이 아니었다!]

적시운 앞에선 초연한 척했었지만 천마는 죽음을 쉽게 받아들일 수 없었다.

자신의 오랜 숙원, 무림맹을 향한 복수가 바로 앞에서 꺾여 버렸다.

그것을 어찌 용납하고 웃어넘길 수가 있으랴.

회한과 미련은 무의식 속에 남아 오랜 시간을 잠들어 있었다.

적시운의 기억 속에 남은 천마의 자아는 그 모든 감정과 단절된 채 적시운을 위해서만 생각하고 판단했다.

때때로 미련하게 보이는 모습도, 가볍게만 느껴지는 태도도 모두 적시운을 위한 것.

하지만 그 내면 깊은 곳에는 천마 본인의 욕망이 고스란히 남아 있었다.

그리고 그 욕망은, 술법을 빌미로 의식의 표면까지 솟구쳐 나왔다. 논두렁을 뚫고 나온 봇물처럼.

[아직 끝나지 않았다. 아무것도!]

'천마!'

[끝나지 않은 복수를 끝맺을 것이다! 무림맹은 본좌의 분노를 피할 수 없다! 그 무엇도! 본좌를 막진 못한다!]

두서없이 쏟아지는 감정의 격류. 심마라는 것이 단순히 두통 좀 느끼고 말 수준이 아니리라고는 예상했지만, 이 정도일 줄은 적시운도 몰랐다.

행동은커녕 올바른 판단을 하는 것조차 쉽지 않았다. 정신이 뒤틀리자 육체에도 영향이 나타났다. 한서불침이 깨지고 땀이 흐르기 시작했다.

그 과정에서 공항의 전투와 필리핀에서의 조우가 이어졌다. 적시운은 당장 터져 나올 듯 날뛰는 천마를 억누르는 한편 최대한 평정심을 유지하고자 노력했다.

상황은 갈수록 악화됐다. 문수아에게 걸어둔 군림고의 효과가 반쯤 소멸했다.

상위 개념의 복잡한 메커니즘을 지닌 고독이란 점이 독이 되어버린 것이다. 적시운은 가까스로 호텔 방으로 올라왔고…….

'이곳까지 날아와 처박혔다는 거군.'

자세한 과정은 기억나지 않았다. 천마도 적시운도 반쯤 제정신이 아닌 상황이었던 까닭이다.

분명한 것은 베란다의 창밖으로 빠져나왔다는 것, 필사적으로 인적이 드문 곳을 찾아 헤맸다는 것, 그리고 마구잡이로 날뛰는 과정에서 대지 깊은 곳으로 몸을 처박았다는 것이었다.

심마와 맞서 싸우는 동안 환골탈태가 이루어졌다는 건 차라리 기적이었다.

아마도 천마 역시 내내 애를 썼기에 가능한 일이었으리라.

[뭐라 할 말이 없구먼. 정말 미안하게 되었네.]

'그 심마…… 당신이 없앤 건가?'

[으음, 본좌의 내면에 존재하던 감정이었던 덕에 어찌어찌 소멸시킬 수 있었네. 그 과정에서, 일단은 환골탈태도 무사히 이루어졌고 말일세.]

'심마를 없애는 게 아니라 호응했다면, 어쩌면 내 육체를 차지할 수도 있었을 텐데.'

[그 뒤에 남은 것은 복수심과 살의에 미쳐 버린 괴물이었을 테지.]

천마는 쓴웃음을 지었다.

[본좌가 그런 괴물에게 굴복할 성싶은가?]

'……하여간 말 하나는 청산유수라니까.'

적시운은 손가락 끝에 힘을 주었다. 하지만 손가락은 완전히 마비된 것처럼 까딱도 하지 않았다.

'얼마나 시간이 흘렀지?'

[사흘? 혹은 나흘쯤 되었을 걸세.]

'서둘러야겠군.'

적시운은 내심 한숨을 내쉬었다. 상황이 이렇게 흘러 버리니 요화란을 자극했던 것은 명백히 악수가 되어버렸다.

어지간히 인내심이 강하더라도 지금쯤은 바닥이 났을 터. 그녀가 급습해 들어왔을 가능성도 결코 낮지 않았다

'움직여라, 좀!'

적시운은 오른손에 온정신을 집중했다. 고작 손끝을 움직이려는 것뿐인데도 온몸에 땀이 비 오듯 쏟아졌다.

'됐다.'

잠시 끙끙거리고 나니 그럭저럭 손을 움직일 수가 있었다. 덜덜 떨리는 손을 재킷 안쪽의 주머니로 이끌었다.

반질반질한 구체의 촉감이 느껴졌다.

인피니트 크라켄의 코어.

그것을 가까스로 움켜쥔 적시운이 심호흡을 했다.

'이미 심각할 정도로 시간을 지체했어. 최대한 빠르게 끝내자고.'

[맡겨주게나.]

천무맹 12강.

맹주를 제외하면 가장 강력한 강자라는 12명의 고수.

그중 한 명인 상우천은 허무할 정도로 간단히 적시운에게 꺾여 버렸다. 때문에 12강을 어느 정도 우습게 본 것도 사실이었다.

그렉조차 그런 편견을 어느 정도 가졌으니, 다른 이들은 말할 것도 없었으리라.

하나 그건 너무 옹졸한 생각. 적시운의 무위가 그저 지나치게 뛰어났기에 벌어진 정신적 착시였다.

'게다가…….'

그녀의 실력은 명백히 상우천보다도 위였다. 눈썰미가 남다른 그렉이기에 확신할 수 있었다.

"사람 사는 곳은 어디든 똑같아. 가진 놈은 조금만 노력해도 저 위로 쭉쭉 올라가고, 가지지 못한 것들은 뼈가 부러져라 노력해 봐야 그 절반조차 성취하지 못하지."

요화란이 말했다. 여전히 웃는 낯이었으나 어딘지 모르게 분노와 씁쓸함이 느껴졌다.

"상우천은 이른바 있는 집 자식이었어. 혈통부터가 섬서성의 유서 깊은 가문 출신이거든."

"……."

"반면에 나는 순혈이 아닌 잡종이란 말이지."

"혼혈…… 화교인가?"

"그래. 수아나 자홍 같은 애들도 그렇고, 사실 주작전 애들 대부분이 그래. 나야 그 둘은 한국계지만, 다른 애들은 대부분 동남아 쪽 혼혈이지."

요화란의 얼굴에선 어느새 웃음기가 사라진 뒤였다.

"그렇기에 상우천 같은 새끼들의 배 이상을 노력해야 했지. 그런 나와 주작전을, 놈이나 청룡전 따위와 동급으로 생각한 너희들이 얼마나 멍청한지 이제 좀 알겠어?"
"……내 머릿속이라도 읽은 건가?"
"추측했을 뿐이야. 너희 같은 것들의 생각이야 뻔한 거니까."
요화란이 두 손을 뻗자 흑월과 삭월이 천천히 전진했다. 움찔하는 그렉을 향해 그녀가 경고했다.
"피하면 네 뒤의 애들이 찔릴 거야."
"……."
그렉은 움직이길 포기했다.
요화란이 다시금 가면 같은 미소를 지은 순간, 로비 안으로 홀연 돌풍이 몰아쳤다.
"설마……?"

10

쿵.
세부 섬 남서부의 야산. 인적 드문 산중을 흔드는 고동이 있었다.
쿵.
대지 깊은 곳으로부터 전파되는 진동. 때아닌 흔들림에 박쥐 떼와 산새들이 하늘 위로 솟구쳤다.
쿵.

야산의 능선 위로 돌연 균열이 생겨났다. 마치 용암이 분출되듯, 갈라진 틈새로 빛이 솟구쳐 올랐다.

쾅!

대지를 뚫고 치솟는 실루엣.

검푸른 빛으로 둘러싸인 그것은 사람의 형체를 지니고 있었다.

"서두르자."

퍼엉!

나직한 중얼거림 뒤로 소닉 붐이 터졌다. 삽시간에 음속을 돌파한 신형은 감각의 끈을 쫓아 막탄 섬을 향해 날아갔다. 그리고 삽시간에 호텔에 당도했다.

쾅!

속도를 조금 늦추긴 했으나 별반 차이는 없었다. 신형은 콘크리트 벽을 간단히 관통하고서 안으로 쇄도했다.

"설마……?"

나직이 중얼거리는 이는 검은 원피스를 차려입은 여성. 그 앞에는 엉망이 된 그렉이 서 있었다.

"적시운……?"

"그래."

안으로 치고 들어온 신형이 대꾸했다. 그를 바라보던 그렉은 여전히 멍한 표정이었다.

"대체……."

"미안."

적시운이 말했다.

"의문이 가는 것도 많고 이해하기 어려운 것도 많겠지. 내가 좀 삽질을 했어. 자세한 건 나중에 설명할게."

그렉은 엉겁결에 고개를 끄덕였다.

"걸레가 되다시피 한 행색도 그 삽질의 일환인가?"

"아마도."

대답하고 나서야 적시운은 자기 자신을 내려다볼 수 있었다.

청바지고 셔츠고 하나같이 찢긴 데다 흙투성이인 게, 재킷이 멀쩡히 남아 있는 게 기적이다 싶을 지경이었다.

"난리도 아니었나 보군."

남의 일이라는 양 나직이 중얼거리는 적시운.

그렉으로선 의문이 더 깊어질 일이었지만 일단은 넘어가기로 했다. 당장 중요한 사안은 따로 있었기에.

"마침내 만나게 되었군."

요화란이 입을 열었다. 당혹감을 전부 떨쳐 내진 못했지만 여전히 여유로운 태도였다.

"당신이 바로……."

그녀가 자연스럽게 말끝을 흐렸다. 적시운이 들은 척도 하지 않고서 걸음을 옮겼던 까닭이다.

쓰러져 있는 여인들에게 다가간 적시운이 가슴께에 손을 얹었다. 희미한 기운이 흘러나와 그녀들의 몸속으로 흘러들었다.

푸확!

밀리아가 검붉은 핏물을 토해냈다. 적시운은 그녀의 상체를 들어 속을 게워내기 쉽게 해주었다. 어느 정도 속을 비운 그녀의 얼굴이 한결 편안해졌다.

적시운은 같은 식으로 다른 여인들도 해독시켰다.

요화란은 몸을 삐딱하게 기울이고서 그 모습을 바라봤다.

"생각 이상인걸. 설마 흑연독(黑蓮毒)과 삭하독(朔夏毒)을 그리 간단히 해독할 줄은 몰랐어."

적시운은 여전히 그녀를 무시한 채 여인들을 한곳으로 모았다. 그러고도 한동안 그녀들의 상태를 유심히 살폈다.

캉!

적시운의 바로 옆, 튀어나온 기둥에 비도 흑월이 박혔다.

적시운이 돌아보자 요화란이 허공섭물로 칼날을 뽑았다.

"계속 그렇게 무시할래? 다른 년들 목젖에 이걸 꽂아줘야 관심 좀 가져줄 건가?"

"저게 요화란인가?"

요화란 본인에게 묻는 말이 아니었다. 잠시 멍하니 있던 그렉이 운을 뗐다.

"내게 물은 건가?"

"그래."

"보면 알지 않느냐…… 고 대답해 줘야 할 것 같군."

쉭!

또 다른 비도, 삭월이 적시운의 미간을 향해 날아들었다.

적시운은 피하지 않았고, 칼날은 피부 앞 한 치 거리에서 멈추었다.

"적당히 하시지. 일부러 무시해서 내 성질 좀 돋우겠다는 것 같은데, 그러다 역효과 난다는 것 몰라?"

"주작전의 흑살도후……."

적시운이 나직이 중얼거렸다.

요화란의 얼굴에 비릿한 미소가 떠올랐다.

"이제야 상대해 주겠다는 거? 근데 실수했어. 난 그 표현을 무척이나 싫……."

카앙!

적시운이 눈앞의 삭월을 후려치는 동시에 바닥을 박찼다. 요화란은 흠칫하는 와중에도 침착하게 흑월을 불러들여 적시운의 이동 궤도를 향해 날렸다.

쾅!

망치질하듯 내려찍는 권격.

흑월의 검은 칼날이 바닥에 처박혔다.

요화란은 당황하지 않고서 전방으로 쌍장을 떨쳤다. 적시운의 기세를 상쇄하려는 것이었지만 스피드는 거의 줄어들지 않았다.

대신 쌍장을 떨친 반동으로 뒤로 물러날 수 있었다.

"상우천 따위와 동격으로 보면 곤란하거든? 대체 무슨 수작인지는 모르겠지만……!"

권격은 그녀의 왼편, 사각으로부터 날아들었다.

"……!"

텔레포터였나 하는 생각도 잠시.

요화란은 본능적으로 방향을 틀었다. 그럼에도 머리부터 바닥에 처박히는 걸 피하지 못했다.

콰직!

헝클어지는 머리칼 사이로 비산하는 파편들. 호신강기 덕택에 두개골이 쪼개지는 건 면할 수 있었지만 고통만큼은 어쩌지 못했다.

"크윽! 이게!"

그녀는 허공섭물로 파편들을 집어 날렸다. 일단 시간을 번 다음 두 비도를 불러들여 재정비를 하려는 생각.

콘크리트 파편들은 적시운을 향해 빗발처럼 쏟아져…….

"큭?"

요화란이 움찔했다. 수백 개의 파편이 허공에 정지해 있었다. 그뿐 아니라 불러들이려던 흑월과 삭월도 못이라도 박힌 양 꿈쩍도 하지 않았다.

"이건 원래 내 주특기라서."

등 뒤에서 들려오는 목소리!

요화란은 그제야 적시운의 위치조차 제대로 가늠하지 못했음을 깨달았다.

"젠장!"

반사적으로 몸을 틀며 응조수(鷹爪手)를 펼쳤으나 허공만을 찢어발길 뿐.

치솟는 분노 사이로 희미한 공포가 고개를 쳐드는 차, 적시운의 권격이 그녀의 복부에 박혔다.

"흡!"

갈빗대가 뒤틀리는 격통 속에서도 요화란은 비명을 토하지 않았다. 기세에서라도 밀리지 않기 위함이었으나 별반 효과는 없었다.

"가세하겠습니다!"

심자홍이 소리쳤다. 하나 그녀를 제외한 주작전 무사들은 여전히 얼어붙은 상태. 검을 빼어 든 그녀가 비명처럼 소리쳤다.

"전주를 보호해야 한다. 어서들 움직여!"

소용없어. 오지 마.

그 말을 뱉어야 했으나 입술이 떨어지질 않았다. 지금 입을 열었다간 고통에 찬 신음만이 흘러나올 것 같았다.

"쓸데없는 짓이야."

싸늘히 내뱉는 적시운. 동시에 거센 바람이 몰아쳤다.

"……!"

시야를 가득 채우는 흙먼지 속에서 요화란은 기감을 통해 파악할 수 있었다. 그다지 힘을 들이지 않은 공격에 추풍낙엽처럼 쓸려 나가는 수하들을.

그나마 일격이나마 막아낸 것은 심자홍뿐이었다. 그 대가로 손목을 희생해야 했지만.

"으으윽!"

비명을 뱉으며 심자홍이 몸을 굴렸다. 그저 내뻗은 주먹을 검으로 받아쳤을 뿐인데 검신은 부러지고 손목은 접질렸다. 아픈 것도 아픈 거지만 어처구니가 없었다.

"하지만 이 정도로는!"

"쓰러지지 않는다는 거지? 그래서 한 대 더 친다."

퍽.

삽시간에 달라붙어 뒷덜미를 내려찍는 당수. 크게 비틀거린 심자홍의 몸이 허물어졌다.

"괴물……!"

요화란이 씹어뱉듯 중얼거렸다.

"이건, 이건 말도 안 돼."

그녀는 평소 행실과 다르게 상당한 노력파였다. 애초에 여자의 몸으로, 그것도 한족이 아닌 이민족 출신으로 천무맹의 중추에 자리 잡는다는 건 결코 쉬운 일이 아니었다. 악할지언정 게으르게 살아오진 않았다.

그것은 이번 일에 있어서도 마찬가지. 무백노사를 통해 접한 영상뿐 아니라, 그 외의 여러 기밀 자료를 통해 적시운을 접한 그녀였다.

상우천과의 일전, 황강댐에서 있었던 백진율과의 대결은 물론, 두 사람이 함께한 아라크네 사냥에 이르기까지. 영상을 비롯한 여러 자료를 면밀하게 검토하여 적시운의 무위를 파악해 두었고, 그에 맞추어 그를 맞이할 계획을 짰다.

"그런데!"

적시운의 무위는 그 이상. 최소한 영상에서 보았던 것을 아득히 뛰어넘고 있었다.

"비겁하고 치사해! 야비하고 용렬해! 더럽고 졸렬하다고!"

공포와 혼란 속에서 요화란이 말을 쏟아냈다. 무슨 말을 뱉어내는지 본인조차 모를 지경이었다.

"그게 재미있어? 본 실력을 숨기고 남을 약 올리는 게? 상황을 기만하고 적당히 놀아주는 게? 거기에 장단 맞추는 이들을 비웃으며 구경하는 게 재미있냐고!"

적시운은 물끄러미 요화란을 바라봤다.

"이럴 줄 알았다면 혼자 상대하려 하지 않았을 거야. 제석천도 남궁혁도 모조리 불러왔을 거라고!"

"그러지 않은 게 잘못이지."

적시운의 대꾸에 요화란이 입술을 깨물었다.

"혼자서 해결할 수 있을 거라 판단한 건 결국 다른 누구도 아닌 너잖아. 네가 좀 더 신중했더라면 벌충할 예비 전력을 미연에 준비해 두었겠지. 안 그래?"

"큭……!"

"뭐, 이번만큼은 나도 잘난 척 설교할 입장은 아니다만."

가볍게 혀를 차는 적시운의 태도는 여유로웠다. 당장에라도 허물어질 것 같은 요화란과는 대조적.

휘릭.

뒤늦게 흑월과 삭월이 돌아왔다. 그녀가 불러들인 게 아니라 적시운이 던져 준 것이나 다름없었다.

"……."

두 비도가 그녀의 손아귀에서 스르륵 미끄러졌다.

덜그렁.

바닥을 울리는 금속음은 종소리처럼 영롱했다.

요화란은 고개를 푹 숙인 채 젖은 어조로 말했다.

"포기하겠어. 죽일 테면 죽여."

스르륵.

두 자루의 비도가 다시 떠올랐다. 각각의 칼날이 요화란의 눈꺼풀 바로 앞에서 멈추었다. 한 치만 파고 들어가도 눈알이 파일 터. 한 걸음을 내디딘다면 대뇌까지 칼날이 틀어박힐 것이었다.

"하나만 묻자."

적시운이 말했다.

"천무맹 12강쯤 된다면 백진율의 무위에 대해서도 어느 정도 파악하고 있겠지?"

"……."

"그새 벙어리가 된 건 아닐 텐데?"

요화란이 팍 미간을 구겼다.

"눈알을 파내려면 파고, 쑤시려면 쑤셔!"

"싫은데?"

"지금 나랑 장난하자는 거야?"

"아니, 그냥 궁금한 것 좀 묻겠다는 것뿐인데."

"내가 왜 거기에 대답을……."

"자살하고 싶어 환장한 게 아니라면 하는 편이 낫지 않나? 어차피 그렇게까지 천무맹에 의리 지켜야 할 입장도 아닌 것 같던데."

죽음도 불사하려던 요화란의 태도가 약간 누그러졌다.

"그러니까…… 날 죽이지 않겠다는 거야?"

"경우에 따라서. 그러니 일단 묻는 거나 좀 성심성의껏 대답해 보셔."

요화란은 잠시 침묵했다. 생각할 시간이 필요했기 때문이다.

"확답은 할 수 없어. 맹주는 우리 앞에서도 전심전력으로 무위를 펼친 적이 없으니까. 그건 아마 당신도 마찬가지겠지만."

"그래도 어느 정도 유추하는 것쯤은 가능하겠지. 그만큼이나 눈썰미에 자신이 있었으니 이번 건도 혼자 해결하려 했던 거잖아?"

"……꼭 그렇지만은 않아. 원래 계획은 이게 아니었다고."

"그러면?"

"당신은…… 구워삶을 생각이었어. 나도 천무맹의 이념은 마음에 들지 않으니까."

"날 어떻게?"

"내 매력으로."

"……."

적시운이 물끄러미 바라보자 요화란이 표정을 구겼다.

"그래, 비웃으려면 마음껏 비웃으시지. 하지만 객관적으로 따져 봐도 내가 최고 레벨의 미녀라는 건 부정하지 못할걸?"

[틀린 말은 아니군. 본좌의 시대였다면 강남제일미 소리 정도는 들었겠어.]

적시운은 피식 웃었다.

"일단 그렇다고 치고, 나와 백진율을 비교하자면 어떻지?"

"……맹주의 근소 우위라고 봐. 하지만 그건 폐관에 들어가기 전 얘기니, 앞으로는 또 얘기가 다르겠지."

"폐관? 폐관 수련에 들어갔다고?"

"그래."

적시운은 내심 고개를 끄덕였다. 천무맹 측 움직임에 뭔가 맞아떨어지지 않는 부분이 있다 싶었더니, 이제 그 이유를 알 것 같았다.

"그럼 본론으로 들어갈 차례군. 혹시 이런 영화 대사 들어봤으려나 모르겠네."

적시운이 말했다.

"네게 거절 못 할 제안을 하나 하지."

to be continued

태민 현대 판타지 장편소설
Wish Books
채널마스터
CHANNEL MASTER
할아버지 집 창고 정리 중 찾아낸 텔레비전.
그런데 이놈 보통 텔레비전이 아니다.
[채널 마스터 시스템에 접속하였습니다.]
[사용자의 정보를 분석합니다.]
[필요로 하는 채널을 업데이트합니다.]
경험을 쌓아서 채널을 더 확보해라!
그 채널이 고스란히 네 능력이 되어줄 테니.

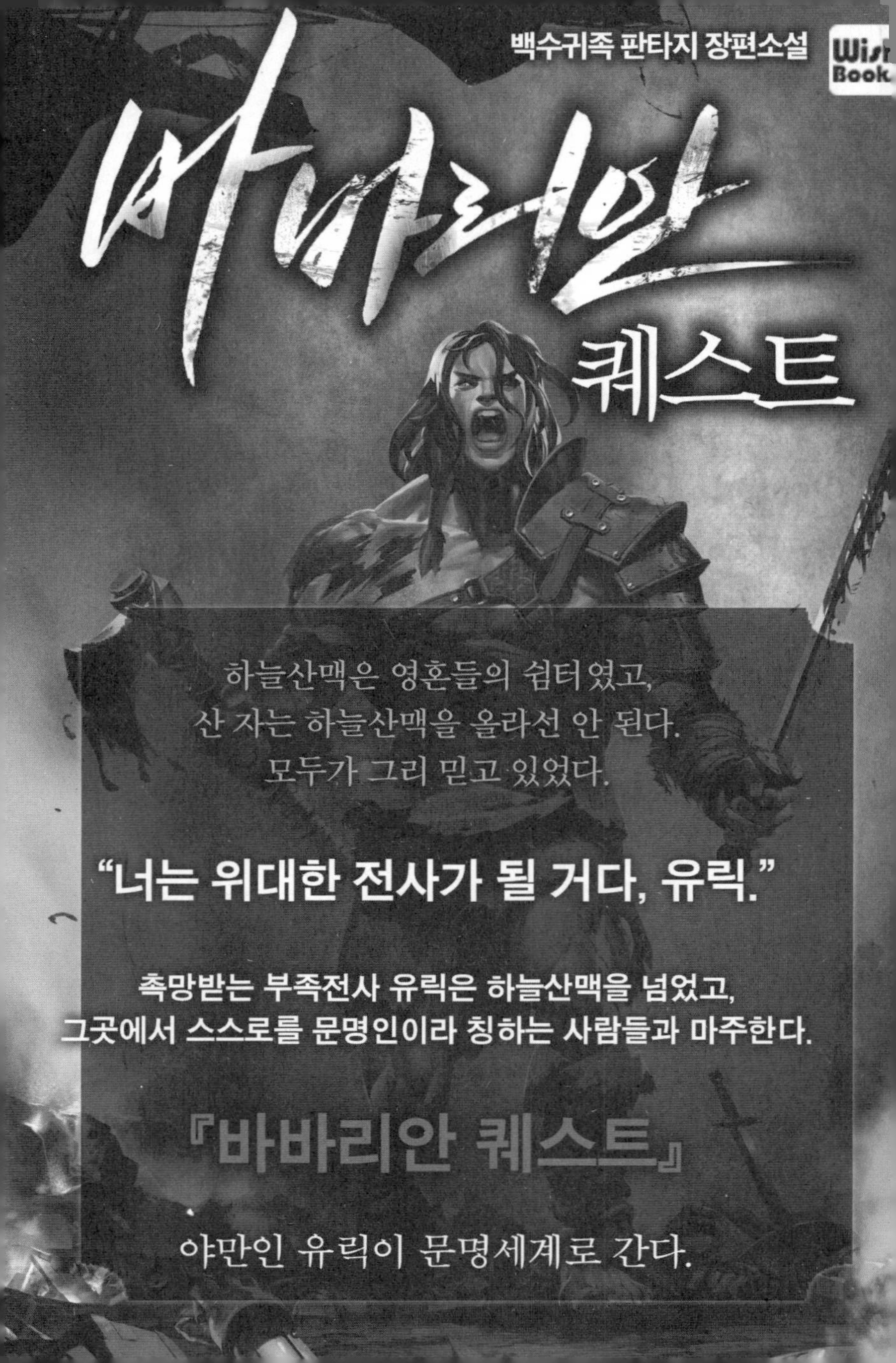
백수귀족 판타지 장편소설
Wish Book
바바리안
퀘스트
하늘산맥은 영혼들의 쉼터였고,
산 자는 하늘산맥을 올라선 안 된다.
모두가 그리 믿고 있었다.
"너는 위대한 전사가 될 거다, 유릭."
촉망받는 부족전사 유릭은 하늘산맥을 넘었고,
그곳에서 스스로를 문명인이라 칭하는 사람들과 마주한다.
『바바리안 퀘스트』
야만인 유릭이 문명세계로 간다.